Paula Monterrey Sobral

Cidade dos desgraçados

Porto de Idéias
EDITORA

São Paulo, 2010

CIDADE DOS DESGRAÇADOS

Paula Monterrey Sobral

Editor
Sebastião Haroldo de Freitas Corrêa Porto

Projeto Gráfico e Capa
Juliana Signal

Revisão
Silvana Pereira de Oliveira

Dados Internacionais de Catalogação na Publicação (CIP)
(Câmara Brasileira do Livro, SP, Brasil)

Sobral, Paula Monterrey
Cidade dos desgraçados / Paula Monterrey Sobral.--
São Paulo : Porto de Idéias, 2010.

ISBN 978-85-60434-68-8

1. Romance brasileiro I. Título.

10-02993 ... CDD-869.93

Índices para catálogo sistemático:

1. Romances : Literatura brasileira 869.93

EDITORA PORTO DE IDEIAS LTDA.
Rua Pirapora, 287 – Vila Mariana
São Paulo – SP – 04008.060
Tel. (11) 3884–3814 Fax (11) 3884–5426
portodeideias@portodeideias.com.br
www.portodeideias.com.br
twitter.com/portodeideias

Dedico esse livro às pessoas que amo:

Minha família, que sempre me apoiou; meus amigos, em especial a Carol, que desde o início acreditou em mim, sem me deixar desistir; e a Júlia, que me ajudou a realizar esse sonho.

1. Depois da tempestade

Nunca pensei que um dia poderia ser tão infeliz, que um dia teria que deixar para trás minha casa, minha família e minha vida. Não imaginei que seria tão doloroso ir embora daquela cidade, que guardava em suas ruas minhas lembranças e mágoas. Os acontecimentos recentes destruíram meu coração e meus sonhos, deixando-me nas trevas da desesperança.

— Poderia passar na biblioteca, por favor? — perguntei calmamente.

O motorista assentiu com um pouco de desconfiança, mas mudou de rumo em direção ao santuário de livros.

Estava tal como me lembrava. Um prédio de dois andares majestoso. Eram dez degraus — sabia o número exato, pois várias foram as vezes que subi aquela escadaria. Na parte de cima havia uma bela varanda, sustentada por quatro colunas. Possuía uma grande porta dupla de carvalho lustrado com batedores de bronze. Dentro era formidável. Um mar de livros ficava disposto em prateleiras que iam do chão ao teto, formando um labirinto do qual conhecia cada canto. As paredes exalavam um aroma especial e de alguma forma me sentia livre.

Aquele lugar por muito tempo fora meu refúgio e melhor amigo, era para lá que ia quando fugia da casa paterna com a certeza de que não voltaria, mas para onde sempre acabava retornando. Escondia-me atrás de um livro sabendo que ali ninguém poderia me encontrar, perdida em meio a histórias e conhecimentos. Passava as tarde tentando esquecer minha própria realidade. Meus únicos amigos eram de tinta e papel e me compreendiam melhor que qualquer um.

Foi lá também que conheci meu grande amor, nos encontrávamos escondidos na biblioteca. Parecia que havia sido ontem que esperava por ele na varanda e me lembrava com facilidade de como me sentia segura em seus braços.

Mas meu porto seguro havia se transformado em meu símbolo de tristeza, foi lá que perdi o amor da minha vida. Olhando para sua fachada, apareceu em minha mente a imagem que tanto me perturbava, tirando-me o sono. Sentada naqueles degraus, com Luiz sangrando em meus braços, até morrer, dizendo que me amava.

Não tive coragem de entrar, fiquei mirando a biblioteca pela janela do carro e me surpreendi ao perceber que, mesmo me trazendo tantas coisas boas, aquele lugar estava mergulhado em sombras e me trazia muita tristeza. Antes que percebesse, lágrimas rolavam pelo meu rosto e a dor em meu peito aumentava mais e mais.

— A senhorita não vai descer?

Fiz que não.

— Podemos ir — disse, tentando conter as lágrimas.

O carro arrancou, deixando a querida biblioteca fora do alcance de meus olhos.

Estávamos indo para um município a quatro horas de minha cidade natal. Os boatos que se espalharam sobre minha paixão secreta não eram bons; para tentar diminuir a vergonha de minha família, iria tentar uma vida nova longe dali.

Não queria mais viver, não fazia sentido virar a página se algo dentro de mim estava faltando. Mas para ficar em minha solidão e melancolia, era melhor ir para um lugar onde as pessoas não me julgariam.

Cada minuto que passava parecia uma eternidade e, quando pensei que não suportaria mais, adormeci. Acordei com alguém chamando meu nome e reconheci a voz de Charles, o motorista.

— Senhorita Isabel, senhorita Isabel? Acorde, por favor, chegamos.

Estava me olhando pela porta entreaberta, esperando o meu desembarque.

Já estava escuro e a única luz que se via era de um poste próximo. Levantei-me com dificuldade e desci do carro com a ajuda de Charles. À luz fraca a rua ficava fantasmagórica.

Iria morar no último andar de um prédio que ficava na esquina com a avenida principal. A avenida era larga e arborizada, repleta de lojas, casa e bares. O pequeno edifício possuía três andares e ficava ao norte. Tinha um estilo clássico, era espaçoso e aconchegante, muito grande para uma mulher solitária. Fui até o meu quarto, onde meu fiel chofer já havia deixado as bagagens. Joguei-me na cama e só esperava levantar no dia seguinte de manhã.

Um feixe de luz atingiu meus olhos e acordei instintivamente, levantei e percebi que havia dormido de roupa, sobre o cobertor, sem ter me dado ao trabalho de desfazer a cama. "Uma coisa a menos para arrumar", pensei.

Fui até a grande janela do meu quarto, por onde entrava a luz, abri a cortina e percebi que a avenida era muito mais bonita de dia. Carros passavam, pessoas andavam pelas calçadas e do outro lado da avenida havia um pequeno café. Decidi que seria ali que faria meu desjejum.

Tomei um banho bem demorado, aproveitando para relaxar na água morna, troquei-me e saí de casa sem me lembrar de trancar a porta. Atravessei a multidão e os automóveis sem problemas, olhei para cima e vi uma placa onde se lia "Café da Amanda" e entrei. As luzes eram de uma cor âmbar, havia um palco com um banco e um microfone, várias mesinhas estavam dispostas ao seu redor e um balcão escondido à direita.

Sentei na primeira mesa e esperei alguns minutos até perceber que teria que ir até o balcão fazer meu pedido, mas não havia ninguém ali, na verdade, não havia ninguém em todo o estabelecimento.

— Oi, bom dia, tem alguém aqui?

Ninguém respondeu, mas logo apareceu um senhor de uns sessenta anos, cabelos grisalhos, olhos amáveis e um sorriso maroto no rosto. Era baixo. Cabelos curtos e bem cuidados.

Seus olhos castanhos eram expressivos e pareciam conter um segredo. Não consegui suportar o seu olhar por muito tempo, era como se parte da sua vida entrasse em mim, tudo estava claro em seus olhos, visível. Não sabia o que havia acontecido, não sabia se era bom ou ruim, só sabia que estava invadindo o seu universo particular.

— Boa tarde! Desculpe-me, mas não tenho muito movimento a essa hora, como posso ajudá-la?

— Por favor, que horas são?

Não tinha olhado para um relógio desde o dia anterior.

— Meio-dia, normalmente essa hora as pessoas vão aos restaurantes almoçar — disse, sorrindo gentilmente.

— Sou nova por aqui, acabei de mudar e de acordar também.

— Sou Félix, dono do café, como poderia ajudá-la minha jovem? Não me diga que veio até aqui só para me perguntar as horas!

— Não, não! Será que você teria um chocolate quente?

— Claro, se não tivesse não seria um café que se prezasse! Vou preparar um agora mesmo e caprichado para a novata.

Sentei de novo, esperando o senhor Félix voltar com minha bebida. Pareceu muito simpático e engraçado, o tipo que daria um ótimo amigo. Mesmo com o medo inicial, sua companhia era agradável. O seu olhar cristalino indicava que eu podia confiar nele, que nada seria escondido de mim. Não tinha muita certeza por causa da minha falta de experiência com as pessoas, mas algo em seu sorriso me dizia que ele era uma boa pessoa. Depois de um tempo ele apareceu novamente pela mesma porta que havia passado pela primeira vez, mas agora trazia consigo uma xícara fumegante.

— Pronto, para a senhorita!

Ele apoiou meu pedido na mesa com um sorriso e ia saindo.

— Se importa em me fazer companhia? — perguntei corando.

Estava solitária e ele me fazia sentir bem. Não sabia como explicar, mas era como se fosse um amigo, um amigo de verdade.

— Tudo bem, não estou fazendo nada mesmo! — falou sorrindo, mas percebi que no fundo causava estranheza com meu pedido.

O chocolate estava muito quente, resolvi esperar esfriar. Olhei para o homem, a xícara e, finalmente, para minhas mãos. Não falávamos nada e comecei a me perguntar se não teria sido melhor ficar sozinha.

— Então veio para cá com seus pais? — indagou, pensando se a pergunta não soaria pessoal demais.

— Não — respondi com indiferença.

— E o que te trouxe...?

— Para cá? — completei a frase — problemas relacionados ao coração.

— Entendo, entendo muito bem — disse triste, mas logo voltou a sorrir. — Mas como pode ter problemas do coração? Quantos anos tem... quinze?

Ri.

— Já vivi bastante, tenho vinte...

— Com vinte eu era muito saudável, fui enfartar depois dos cinquenta e cinco.

— Sei que o senhor entende o que quero dizer...

A cada palavra dele eu me alegrava mais, mas de repente ele ficou sério.

— Vamos combinar: senhor é o senhor seu avô, eu devo ter idade para ser seu pai — falou, voltando à expressão risonha. — Entendi o que quis dizer. Não sei o que aconteceu com você, mas feridas de amor sempre doem, em qualquer idade. Demoram a cicatrizar, mas sempre saram, se você quiser. Não se esqueça disso.

— Não vou esquecer... — esbocei um sorriso. — É tão fácil conversar com o... com você.

— E por que não seria?

Não respondi, por mais que pudesse formular vários argumentos à pergunta, a dificuldade de comunicação — o problema — estaria em mim.

Tomei o chocolate quente, delicioso como nunca havia provado igual. Paguei o senhor Félix e disse que da próxima vez tomaria mais daquela bebida dos deuses. Ele me fez prometer que iria à apresentação daquela noite e me acompanhou até a porta, despedindo-se com um sorriso.

Voltei para casa, abrindo a porta que estava destrancada, e segui até a janela, lá estava o café.

2. Solidão e melancolia

Olhei meu novo lar de um modo que não havia olhado na noite anterior, faltava meu toque e também uma ajudante.

Percorri todos os cômodos, observando cada milímetro, pensando no que deveria ser mudado. Em geral, a cobertura era bem arrumada e os móveis de bom gosto, mas faltava alguma coisa.

Desci para conhecer as redondezas. Andando pela avenida, encontrei uma loja de sapatos; não resisti e comprei um par. Mais à frente havia um bar repleto de bêbados, rindo alto dos problemas da vida. Passei rápido, mas percebi que três deles saíam em minha direção. Não aguentaram andar quatro passos e caíram gargalhando.

Passei em frente a uma floricultura e percebi que era aquilo que faltava, um pouco de cor, um pouco de vida em meu novo lar.

— Boa tarde, como posso ser útil? — A mulher que me cumprimentou era baixinha e tinha os cabelos presos em um apertado coque que puxava seu rosto de coração. Tinha grandes e atenciosos olhos castanhos.

— Eu acabei de mudar e gostaria de algumas plantas para alegrar o lugar.

— Sim, por aqui. Para jardim ou vaso? — perguntou.

— Moro em um apartamento, então acho que vaso é melhor — ri.

Ela assentiu rindo, com certeza por educação, e me levou até uma estufa nos fundos, onde havia várias plantas, de todos os tamanhos e cores. Vasos simples, pequenos, grandes, trabalhados. Tudo era muito bonito, cheio de cores e formatos, cada flor com sua particularidade; mas uma em especial me chamou atenção.

— Que flor é aquela? — perguntei admirada.

— É um hibisco. Lindo, não é? — A mulher sorriu orgulhosa. — Foi a única que recebemos, é nossa maior joia, mas parece que as pessoas não se interessam por ela.

Era linda. Uma flor grande com cinco pétalas enrugadas que tinham duas cores. Vermelho e amarelo se intercalavam. Cores fortes que davam um ar exótico à planta. E ainda tinha um delicado cacho de pólen saindo do centro.

— Vou levar!

— Sério? — perguntou surpresa.

Fiz que sim e fui escolher um vaso para dar a vida que faltava em casa. Optei por um bem simples, mas que combinava com a planta, pois não era o recipiente que importava, mas sim o que estava dentro.

— Esse vaso também!

Ela transferiu o hibisco para o vaso, que estava enfeitado com um laço de fita feito por ela. Paguei e admirei o local. Aquele ambiente era muito acolhedor e agradável.

— Se precisar de mais plantas é só avisar! Meu nome é Jolie, vai me encontrar sempre, é difícil ver a dona por aqui.

— Obrigada, vou voltar mais cedo do que imagina.

Saí e segui para casa. A planta foi colocada em uma mesa próxima à janela para que recebesse os últimos raios de sol.

Já eram quase oito horas e o café do senhor Félix estava começando a encher, mudei a roupa e desci. Entrei no estabelecimento, que estava com todas as mesas cheias, menos uma, que estava reservada.

O senhor Félix se aproximou com o mesmo sorriso, cumprimentou-me e me indicou a mesa reservada, aparentemente para mim.

— Obrigada!

— Não foi nada, a melhor mesa da casa para esquecer os problemas com uma bela apresentação.

Antes que pudesse perguntar sobre o tema da apresentação, as luzes se apagaram e senhor Félix voltou para o seu balcão. Um holofote iluminou o banco no centro do palco, onde estava sentada uma mulher e dois homens com instrumentos musicais. No instante em que a moça começou a falar, percebi que se tratava de um recital de poesias acompanhado pelo ritmo seco e compassado dos instrumentos.

Fui até o balcão para pedir algo para beber.

— Gostaria de alguma coisa?

— Sim! Um chocolate quente, por favor.

— É para já!

Quando a poetisa acabou de recitar sua primeira obra, ao invés de aplausos, uma salva de estalos tomou conta do ambiente.

— Está gostando?

— Eu adoro poemas! Obrigada — agradeci quanto recebi a bebida fumegante.

— Então a senhorita é uma amante das artes?

Concordei. Retribui com o melhor sorriso que havia conseguido esboçar naqueles dias terríveis e voltei para a mesa.

As poesias eram realmente lindas, uma delas me agradou tanto que quando se ouviam os estalos, empolguei-me e bati palmas. Como já era de se esperar todos procuraram a origem do barulho. Agradeci por estar escuro, assim não seria vista corando, mas tive certeza de que o senhor Félix sabia quem havia sido e, ao invés de me olhar com desaprovação, ele ria.

À medida que a noite avançava, as poesias ficavam mais românticas e minha alegria se esvaía. Fui ficando cada vez mais deprimida. Tentava prestar atenção em outras coisas que não fossem aquelas palavras melosas, mas para todo lugar que eu olhava haviam casais trocando beijos e carinhos.

Minha atenção voltou-se à poetisa, conhecia aquelas palavras e, à medida que ia declamando, reconheci a frase de Shakespeare, a mesma que tantas vezes ouvi ao pé do ouvido.

— "Duvida da luz dos astros, de que o sol tenha calor, duvida até da verdade, mas confia em meu amor".

Não suportei, uma lágrima escapou de meus olhos. Virei para o balcão e percebi que senhor Félix me observava. Lancei-lhe um olhar de desculpas. Deixei o dinheiro em cima da mesa e saí correndo do café.

Corri pela rua sem ao menos olhar para os lados, às minhas costas ouvi buzinas. Subi a escadaria do meu prédio aos tropeços, não conseguia enxergar com os olhos embaçados pelas lágrimas. Tentei colocar a chave na fechadura, mas não consegui, para a minha sorte não havia trancado a porta, como sempre.

Soltei a chave, minhas mãos tremiam, minha cabeça girava e meu coração rachava ao meio. Cambaleei até a cama, onde caí e chorei até adormecer.

Sonhei com ele, um sonho bom e bonito. Quando acordei percebi que vivia o pesadelo, que tudo que eu mais queria havia sido arrancado de mim e não podia fazer nada quanto a isso. Não o veria outra vez, não sentiria seu calor. Ficaria para sempre na agonia do desamor.

Chorei e não saí da cama o dia inteiro. Não dormi, não comi, fiquei pensando nele e em como seria minha vida se o pior não tivesse acontecido. Vivendo de sonhos, sem ver o tempo passar. Nada mais fazia sentido para mim. Não sentia meu corpo, não sentia minha mente, não sentia minha alma. Estava tudo confuso, estava tudo errado.

3. Desabafo

Resolvi levantar. No banheiro, meu reflexo no espelho traduzia o que ia em minha alma. Meus olhos estavam vermelhos e inchados, abaixo deles havia dois bolsões roxos de olheiras; estava pelo menos quatro quilos mais magra.

Assustei-me ao ouvir batidas na porta, fui até lá e a abri um pouco receosa. Era Charles, que soltou uma exclamação de horror quando me viu.

— O que houve com a senhorita?

— O que está fazendo aqui? — Estava surpresa, não esperava encontrar um rosto conhecido.

— Seus pais me mandaram vir vê-la, saber como a senhorita está. E vejo que é necessário, deixei-a aqui a menos de uma semana e veja como está?!

A cena era patética. Tinha dó de mim mesma. Encarei-o tristemente.

— Venha cá — disse ele, guiando-me pacientemente até o quarto, ajudando-me a sentar na cama — Você está bem?

— Sim — menti.

— Então devo pensar que essa poça em seu cobertor seja... — olhou-me com pena e sorriu. — Imaginei que chegaria aqui e estaria tudo uma bagunça, mas parece que não tocou em nada.

Não respondi, nem ergui os olhos, avistava vagamente o nada com uma tristeza sem tamanho. Charles colocou a mão em meu ombro.

— Tome um banho, irá fazer bem. Enquanto isso vou buscar algo para você comer.

Agradeci e fui em direção ao banheiro, fechei a porta, abri a água e esperei a banheira encher. Entrei e tomei o banho mais longo da minha vida. A água se misturava às lágrimas, se dissolvendo junto com meus pensamentos. Enxuguei-me e troquei de roupa, estava com certeza melhor, pelo menos por fora.

Ao sair do quarto, um gostoso aroma de comida invadiu minhas narinas. Charles havia arrumado a mesa. Havia frango, batatas, arroz com brócolis, suco de laranja e uma torta de limão.

— Lembrei que era sua preferida — sorriu, apontando para a sobremesa.

— Obrigada, está com um cheiro delicioso!

O chofer indicou uma cadeira e me serviu de uma grande porção de tudo, encheu um copo com suco e cortou uma generosa fatia de torta. Ao ver a quantidade que teria de comer, arregalei os olhos.

— Vai comer tudo! — falou ao ver minha expressão.

— E você, não vai comer?

Fez que não.

— Por favor... — insisti. — Se não me acompanhar, eu também não como.

Fez que sim, se rendendo.

Ele sentou e se serviu de um pouquinho de arroz e batatas. Sorri vitoriosa ao vê-lo dar a primeira garfada.

— Não vou embora até ver você comer tudo! — falou sem levanta o olhar.

A contragosto comecei a comer.

— Está uma delícia!

— Realmente está ótima.

— Obrigada, Charles, por cuidar de mim — disse corando.

— Não foi nada, eu te vi crescer, esqueceu? E não queria que nada de ruim acontecesse com você — sorriu. — Estou orgulhoso com a decisão que tomou.

Fitei-o com dúvida. Aquele rosto já tão conhecido surpreendeu-me. Sempre gostei muito de Charles, mas não sabia que era recíproco. Lembrando o passado, notei que várias vezes ele havia me ajudado e protegido. Comecei a pensar quantos daqueles fios brancos não seriam culpa minha.

— Que decisão?

— Sair de casa, mesmo que não fosse necessário... Você saiu para proteger a imagem de sua família.

— Foi necessário — falei tristemente —, as pessoas...

— Não devia ligar para o que as pessoas dizem. Sua mãe não está ligando, só quer a família unida, ela não acha que é errado o que você fez! Você conhece sua mãe, ela adora um romance.

— É. Ela me deu muito apoio. Mas meu pai com certeza...

— Ele não gostou nenhum pouco, mas sente sua falta.

Essa notícia me alegrou um pouco. Comi tudo sem reclamar. Depois Charles lavou a louça e não me deixou ajudá-lo, dizendo que eu estava muito fraca.

— Agora tenho que ir!

Não queria que ele fosse, tinha medo de ficar sozinha, de voltar para a escuridão.

— O que quer que eu diga para seus pais... Que você se deu ao luxo de entrar em uma depressão profunda? — falava sério.

— Eu não pude evitar. A culpa não foi minha.

— Se a culpa não foi sua, foi de quem então?

Ele atravessou a porta, forçou um sorriso, acenou e foi embora fechando a porta.

Ajoelhei no chão e a tristeza me inundou.

— A culpa foi toda minha — sussurrei.

Chateada, fui até o café do senhor Félix para explicar, se conseguisse, meu desaparecimento. Olhei pela janela e lá estava ele, os cabelos brancos e o costumeiro sorriso. Entrei, sem saber o que dizer. A vergonha me consumia por dentro.

— Oi... — sussurrei encabulada.

— Você? Pensei que nunca mais a veria de novo. Sumiu, fiquei preocupado.

— Desculpe-me — falei corando.

O senhor Félix me fitou com os olhos apreensivos e desapareceu pela porta atrás do balcão. Talvez não estivesse sendo muito sincera em minhas desculpas, talvez achasse que se enganara ao meu respeito, talvez tivesse que me explicar melhor, talvez ele nunca mais quisesse me ver. Ele havia sido tão generoso comigo e eu simplesmente sumira! Não devia nada a ele, mas devia isso a mim mesma.

A ideia de chamá-lo me passou pela cabeça, mas logo desisti dela. Nunca havia tido um amigo que não fosse meu irmão, um amigo a mais ou um a menos... "Estou sozinha mesmo", pensei. Estava quase na porta quando ele voltou a aparecer.

— Você não acabou de tomar seu chocolate quente aquela noite — disse sorridente.

Estava surpresa, fui até o balcão e sentei. À minha frente, a meia xícara de chocolate exalava um aroma delicioso; parecia que há séculos não sentia este perfume.

— Você guardou o que eu deixei? — perguntei incrédula

— Não, claro que não! — falou visivelmente ofendido. — Esse eu acabei de fazer, beba.

Bebi sem entender o que estava acontecendo. Ao encostar a xícara em meus lábios senti aquele gosto de chocolate com um toque de baunilha, aquela textura encorpada com gotas de chocolate. O calor tomou o corpo junto com uma inexplicável felicidade.

— Você está bem? Pode me contar o que aconteceu?

Balancei a cabeça positivamente. Confiava nele, mas não sabia por onde começar, tinha medo de sucumbir, ali, na frente do senhor Félix. Precisava desabafar com alguém, mas não sabia como fazê-lo.

— Então vai me contar? Quem sabe eu não possa ajudar...

Resolvi que contaria tudo, do começo. Disse que onde morava não tinha muitos amigos, na verdade nenhum, só tinha uma ou duas pessoas que falavam comigo por pena ou educação, e de vez em quando, com exceção dos meus professores. Sempre gostara de ler e, ao completar dez anos, minha mãe me levara pela primeira vez à biblioteca. Falei também que depois disso todos os dias eu ia para lá e passava horas lendo e sonhando.

Sabia que não era exatamente isso que senhor Félix havia perguntado, mas parecia gostar da minha história.

Contei que sempre fora feliz, gostava da vida que levava, mas sentia falta de alguma coisa. Um dia, continuei, apareceu um escritor, um poeta para ser mais específica, na biblioteca. No momento em que o vi senti meus pés perdendo o chão. Ele era muito bonito e não muito mais velho que eu.

Expliquei que não tinha muita experiência para lidar com as pessoas, por isso ficava espionando. Ele foi percebendo meus olhares, meu interesse e foi se aproximando, bem rápido. Dizia-me coisas bonitas. Eu não poderia estar mais feliz. Eu o amava e ele me amava.

Contei o romance a minha mãe; ela já desconfiava e até gostou da ideia. Minha mãe sempre foi muito romântica. Ela via que eu o amava muito, o problema era meu pai, que não gostou nada da ideia, e sabendo que nunca teria seu apoio, resolvi fugir com o homem que amava.

Ainda tive forças para contar como foi arrancado de mim o meu amor: um carro parou em frente à biblioteca, onde nos encontraríamos para fugir. Um homem desceu do carro e atirou, acertando o peito de Luiz, que sangrou até morrer em meus braços. E suas últimas palavras foram para dizer que me amava.

O senhor Félix olhava-me com pena. Eu, a essa altura, já estava aos prantos, mas continuei a lhe falar que meus pais não queriam que eu partisse, mas as pessoas, pela primeira vez, me davam atenção, falavam sobre assuntos que não sabiam, então resolvi ir embora.

Meu novo amigo estava ao meu lado, me amparando com uma das mãos em meu ombro.

— Sinto muito! Aquele dia não aguentaria ouvir essa história, entende?

— Claro! Não se preocupe com isso, sinto muito, parece que também sofreu bastante, não é?

Ele me ofereceu um lenço e eu o abracei, ele retribuiu.

4. Tristezas infinitas

— Não chore, você é muito bonita para chorar.

Sorri, mas foi apenas um segundo, pois eu já havia ouvido isso antes, ele costumava me consolar assim. Voltei a chorar e o senhor Félix me olhou assustado, aparentemente sem saber o que fazer. A situação era delicada, eu não conseguia ajudar parando de chorar.

— Que tal mudarmos de assunto?

— Melhor — sorri. — Senhor Félix, desculpe-me, quer dizer Félix, quando resolveu abrir esse café?

Seu costumeiro sorriso foi substituído por uma expressão de dor.

— Sinto muito, não queria... O senhor está bem?

— Já disse para não me chamar de senhor, gosto de acreditar que ainda sou bem jovem.

— Desculpe-me, não devia ter feito essa pergunta.

Ele fez um movimento para que me calasse e outro para que eu o seguisse.

Atravessamos a porta que ficava atrás do balcão e adentramos em uma cozinha bem organizada. Tudo ali tinha um cheiro fantástico. Estava reconhecendo um aroma de baunilha quando passamos por outra porta e, para minha surpresa, nos encontrávamos em uma sala de estar.

— Está é minha casa!

Ele se sentou na poltrona mais próxima e indicou para que eu me sentasse em um sofá a sua frente. Havia dois sofás e uma poltrona dispostos em torno de uma mesinha de centro. No canto havia uma estante com várias fotos emolduradas.

— Essa é minha mulher — disse, ao perceber meu interesse pelas fotos.

— Não sabia que era casado.

— E não sou... Não mais. Sou viúvo — não me olhava mais, encarava o chão, evitando o meu olhar.

— Sinto muito! — foi tudo que, em um sussurro, consegui dizer.

Mesmo que não enxergasse seus olhos, por um instante pensei ter visto o brilho de uma lágrima rolando, que certamente ele estava segurando.

— Eu nasci aqui e sempre fui apaixonado por ela, desde pequeno, mas Amanda nunca me deu atenção. Um dia resolvi declarar o meu amor e, para a minha surpresa e felicidade, deu certo. Começamos a namorar. Ela adorava meu chocolate quente e sempre me dizia que deveria investir nele, arranjar um jeito de fazer as pessoas felizes, adoçando suas vidas. Pedi a mão dela em casamento depois de dois anos de namoro. Mudamos para essa casa e aqui fomos muito felizes. Amanda não gostava do meu trabalho. Eu era contador de um banco, sempre gostei de números, mas o trabalho realmente não me agradava. Minha esposa dizia que deveríamos ter um negócio só nosso, mas nunca o fiz. Faz três anos que ela faleceu. Sofreu muito, ela estava com câncer e não suportou o tratamento.

— Essa é ela — sussurrou, entregando-me um retrato.

Na foto estava uma bela mulher, sorrindo encantadoramente para o seu fotógrafo. Era branca com as bochechas rubras. Os cabelos castanhos desciam pelos seus ombros como ondas, os olhos também eram castanhos e, apesar das rugas da idade, ela era muito bonita.

— Sinto muito pela sua perda. Ela é linda.

O senhor Félix estava chorando. As lágrimas escorriam pelo seu rosto, velho e sofrido, e caíam sobre o porta-retrato, protegendo a foto que devolvi.

Levantei sem saber ao certo o que fazer, como ajudá-lo, então o abracei, tentando mostrar que entendia seu sofrimento e que ele tinha razão: feridas de amor sempre doíam, principalmente como as nossas, pois nunca mais voltaríamos a ver nossos amores. Não nos mexemos, precisávamos daquele momento de conforto e compreensão. Não consegui evitar o choro. Aquele abraço poderia ter durado minutos, ou anos, precisava desabafar com alguém, tirar um peso do coração.

Ele me afastou gentilmente e se levantou, ficando de costas para mim. Com certeza estava guardando aquilo há muito tempo. Deixei-o se recuperar e fui observar o restante dos retratos; a maioria era de Amanda, às vezes sozinhas, outras, com o senhor Félix. A mais bela era a do casamento deles, ambos elegantes e jovens, um casal perfeito. Duas fotos prenderam minha atenção.

— Senhor... Você teve filhos?

Ele se virou e, triste, balançou a cabeça positivamente.

— Um filho! Depois de trinta anos de casados finalmente conseguimos um filho. Sempre quisemos ter filhos, mas não conseguíamos. Até pensamos em adotar, mas o sonho de ter um filho nosso sempre persistiu. Quando descobrimos que Amanda estava doente, ficamos preocupados com o bebê, mas os médicos diziam que o câncer não alcançaria o útero. Depois tiveram que retirar meu filho às pressas do conforto materno, senão os dois morreriam. Minha esposa morreu dias depois e a última vez que vi meu filho foi no enterro dela.

Ele suspirou e continuou.

— Assim que foi liberado do hospital, minha sogra o levou. Disse que eu não tinha condições de criá-lo, que o maior erro da sua vida fora deixar sua única filha se casar comigo — o causador de tudo aquilo. Ela ajudaria meu filho a se tornar o homem que eu jamais fui. A mãe de Amanda mudou. Tentei descobrir para onde, mas ninguém sabia ou não queria me dizer. Nem ao menos sei o nome que ela deu a meu filho. Ele era tudo que me restava, mas aquela mulher o tirou de mim. Devo admitir que entrei em grande melancolia, mas resolvi fazer o que Amanda desejava, comprei o terreno ao lado e construí o café.

— Quantos anos ele teria hoje?

— Três! Comemoro todos os seus aniversários.

Comparando com tudo que aquele senhor, marcado pelo tempo e pela tristeza, sentado à minha frente havia sofrido, senti que minha história era menos digna de atenção.

— O senhor passou por muitas coisas... E eu só consigo pensar em minhas próprias tristezas...

— Já lhe disse para não me chamar de senhor! Uma história não tem mais valor que a outra. Posso apostar que a dor que você sentiu foi tão grande quanto a minha. Estamos trocando experiências, estamos nos ajudando.

Sorri e ele retribuiu com os olhos cheios d'água.

Ficamos um olhando para o outro, esperando as lágrimas cessarem e os corações acalmarem. Já estava escuro quando começamos a ouvir o barulho das pessoas chegando. Voltamos discretamente para o café.

— Quanto foi?

Estava retirando o dinheiro da bolsa para pagar o chocolate quando percebi que ele me fitava.

— Quanto foi o chocolate quente? — expliquei.

— Nada! Você já pagou e não consumiu, então, eu estava devendo...

— Devendo?! Não, não. Eu não tomei porque...

— Não adianta discutir, não vou cobrar.

Ia bater o pé, teimosa, mas um cliente apareceu querendo fazer um pedido.

— Você poderia me dar licença? Tenho que dar atenção aos meus clientes — disse em um tom vitorioso.

Olhei zangada para o senhor Félix e depois para o cliente que aguardava ser atendido. Ao encontrar meu olhar fuzilador, que não conseguiu sustentar, ficou surpreso. Voltei a encarar o homem atrás do balcão, agora sorrindo.

— Claro! Vemo-nos depois. Tchau senhor — fiz questão de enfatizar a última palavra para deixá-lo tão bravo quanto eu.

Saí do café com a certeza de que deveria ajudá-lo, mas como?

5. Velhos hábitos

— Desculpe-me, esqueci de você!

Ao abrir a porta notei que minha plantinha estava murcha, corri para socorrê-la.

— Como pude fazer isso? Você vai ficar bem, eu vou dar um jeito.

Parei por um instante com a planta na mão, assustada. Eu estava falando sozinha; pior, estava falando com uma flor. Será que estava ficando louca ou carente e solitária?

Saí de casa. Vaguei pelas poucas ruas, olhando para o nada, procurando uma explicação plausível para meu comportamento. Com certeza estava chamando atenção. Todos que passavam por mim, olhavam-me com estranheza. Sozinha, andando sem destino e abraçada a uma planta semimorta enquanto a noite caía.

Sem me importar com ninguém, continuei a andar. Comecei a correr quando percebi que Jolie estava fechando a floricultura.

— Não, espere! — gritei.

Jolie se virou assustada e ficou quieta, esperando que eu recuperasse o fôlego. Estiquei o hibisco para ela e pareceu entender o que eu queria, pois começou a destrancar a porta para que entrássemos. Ela pegou um borrifador e começou a molhar a terra e depois subiu pelo caule. As gotas desciam graciosamente, produzindo um efeito especial, pareciam pequenas lágrimas que faziam com que me sentisse mais culpada pela negligência.

— Jolie, ela vai sobreviver?

— Claro — sorriu.

— Mas ela está tão murchinha!

— É o ciclo, essa flor não ia ficar aí para sempre: ela desabrocha, murcha e cai. Veja um brotinho, logo você terá uma flor novinha!

Lá estava. Realmente havia um broto, pequeno, com as mesmas cores amarela e vermelha.

— É claro que está meio sequinha, você regou a planta? — perguntou.

— Não — disse envergonhada.

— Aí está o problema, não precisa molhar muito, mas a água é muito importante para que continue viva.

— Eu estava, sabe... falando com a planta. Você acha que eu estou louca?

— Não! Isso acontece quando nos apegamos a alguma coisa e, principalmente, animais e plantas. Eu mesma já falei com algumas. E você, acha que sou louca?

— Não, claro que não.

O tom de incerteza ficou aparente. Não conhecia Jolie, então como dizer se era louca ou não? Mas estava aliviada, pois quando várias pessoas fazem uma coisa estranha, ela se torna normal.

— Pensei que viesse antes, do jeito que você disse "vou voltar, mais cedo do que imagina"...

— É que tive alguns problemas e não pude vir antes...

— Não tem problema, aqui está sua flor. Sinto muito, mas já estava fechando, se não se importa... — falou indicando a porta.

— Claro, já está tarde, não quero mais roubar seu tempo.

Fomos até a porta, agradeci, nos despedimos e cada uma tomou um caminho diferente. Caminhando, agora feliz, reparei que se eu quisesse poderia continuar minha vida ali.

Os dias passavam difíceis, mas tentava seguir em frente, por Charles e pelo senhor Félix. Resolvi que já estava na hora de retomar os velhos costumes, iria procurar uma biblioteca. Fiz sinal para um táxi, o que foi muito difícil, pois a cada dez carros, nenhum era um táxi.

— Você sabe onde fica a biblioteca?

O homem olhou-me como se estivesse falando outra língua.

— BI–BLI–O–TE–CA. Quero ir a uma biblioteca! — disse impaciente.

— Sim, senhorita!

Aparentemente o taxista sabia o endereço da biblioteca, mas demos várias voltas pela cidade. Passamos pelas mesmas ruas pelo menos duas vezes e uma hora surpreendeu-me ao frear bruscamente.

— Chegamos!

Olhei para uma casinha, aparentemente abandonada, sem nenhuma placa, a não ser um pedaço de madeira velho, com a tintura tão gasta que não dava para ler o que estava escrito nela.

— Tem certeza de que é aqui?

— Absoluta!

Desci do carro e paguei a corrida. Empurrei o portão, que rangeu à minha passagem. A porta estava aberta, mas nada indicava a existência de alguma alma viva por ali. Seu interior era pior: uns cem livros dispostos em prateleiras mal organizadas e aos pedaços. Mais adiante havia um balcão onde uma senhora dormia, a cabeça sobre os braços cruzados. Ela tinha os cabelos grisalhos e sua face era muito branca.

Tímida, toquei o sino; não houve resultado, só um sonoro ronco, tentei mais uma vez. A senhora deu um pulo e quase caiu da cadeira. Tentei ajudá-la, mas ela evitava minhas mãos.

— A senhorita quer me matar?

— Não, me desculpe, foi sem querer!

— Psiu! Nada de barulho na biblioteca!

— Desculpe-me — sussurrei.

— Como posso ajudá-la? — perguntou bastante irritada.

— Essa é a única biblioteca da cidade?

— Sim — respondeu secamente.

— E você sabe se existe alguma livraria aqui por perto?

— Não. Isso não é um ponto de informação, é um lugar para ficar em silêncio e ler. E se a senhorita continuar com esse interrogatório, vou proibi-la de voltar aqui! — bradou.

— Psiu! Nada de barulho na biblioteca! — pedi.

A mulher ficou vermelha. As palavras escaparam da minha boca, nunca havia feito algo assim, sempre abaixava a cabeça e obedecia, mas a sensação foi maravilhosa. Saí e nem me dei ao trabalho de dar uma última olhada para aquele lugar tenebroso. Nunca mais iria até ali.

Sentindo-me perdida, continuei andando sempre em frente. Quatro quarteirões depois, já estava, mais uma vez, na avenida principal. Na maior parte do percurso, andei amaldiçoando aquele motorista por me tapear.

— Aquele homem... com aquele jeito dissimulado... mas se eu o encontro! — resmungava entredentes.

Passando apressada pela padaria lembrei que faltava leite em casa. Lá dentro só havia o funcionário, uma mulher e uma menina, que parecia sua filha.

— Mas, por favor... — implorava a moça.

— Sinto muito, mas não posso ajudar Cristal... — falou gentilmente o balconista.

Passei por eles e fui escolher uma dentre a grande variedade de marcas de leite. Os dois continuavam conversando, mas percebi que a menina olhava encantada para uma barra de chocolate.

— Eu sinto muito, mas não posso fazer nada para ajudá-la. Pois não?! — falou, olhando pra mim.

Entreguei a caixa de leite. A mulher foi até a porta e com muita tristeza no olhar chamou sua filha, Catherine, e as duas foram embora.

— Mais alguma coisa?

— Sim, aquele chocolate!

Antes que ele dissesse o valor da compras, joguei algumas notas sobre o balcão, peguei minhas coisas e saí.

— Esperem!

A mulher virou-se esperançosa e ao me ver desapontou-se. Esperou desconfiada enquanto a filha se segurava, com medo, na barra da saia dela.

— Sim?

Peguei o chocolate no bolso e estendi para Catherine. Ela hesitou alguns instantes e depois abriu um sorriso daqueles que varre qualquer tristeza. Esticou a mão em direção ao doce, mas sua mão não deixou que ela completasse o gesto.

— Não posso aceitar.

— Mas é para ela.

— Não deve sentir pena de nós. Só porque não dei o doce para ela não quer dizer que ela passa fome.

A menina já não sorria e eu me sentia culpada. A mulher me encarava irritada, mas percebi que no fundo estava triste e só não chorava porque sua filha estava ali.

— Desculpe-me! Você só quer ajudar... É que a vida não tem sido fácil.

— Há muito tempo a vida deixou de ser fácil — disse sorrindo, entregando o chocolate para Catherine.

As duas agradeceram e continuaram a andar, também voltei ao meu caminho, mas não antes de ouvir o conselho de Cristal para a filha.

— Catherine, não coma tudo. Lembre-se, faça durar!

6. Mãe de aluguel

Sempre ia até o café do senhor Félix na hora do almoço, quando não estava muito movimentado. Estávamos nos tornando grandes amigos. A sensação de ter um amigo era algo inexplicavelmente bom. Eu podia me abrir com ele e ele comigo, era um ombro para chorar, uma mão para amparar, um sorriso para multiplicar e uma tristeza para dividir.

Estava começando a me soltar. Nunca em minha vida havia me sentindo assim, tão livre e ao mesmo tempo tão presa pelo carinho que tinha adquirido por aquele senhor. A timidez sumia quando conversava com ele.

— O que sabe sobre uma mulher que se chama Cristal? — perguntei ao senhor Félix em uma de minhas visitas.

— Só o que todo o mundo sabe. Que ela trabalhava em uma cantina italiana aqui perto, teve um caso com o filho do dono, ficou grávida e, antes mesmo de dar a luz, todos da família sumiram.

— Sumiram?

— É, foram embora, por quê?

— Encontrei com ela e a filha na padaria.

— Sim, elas continuam aqui. Catherine é o nome da filha, a mãe não encontra mais emprego desde que voltou.

— Voltou de onde?

— Não sei.

— E não pode ajudá-la?

O senhor Félix sorriu, como se já esperasse a pergunta.

— Eu até que gostaria de ajudar, mas não posso. Com o que eu faturo por mês não daria para pagar um salário para ela.

— Entendo... Já fiquei muito por aqui, tenho que ir para casa — disse, levantando e caminhando de costas até a porta.
— O senhor ainda não respondeu quando vai almoçar em...

Naquele instante, um homem entrava no café esbarrando em mim, fazendo-me derrubar os livros, emprestados pelo senhor Félix, que levava nos braços.

— Desculpe-me, senhorita!

— Não, a culpa é minha, não vi por onde estava andando.

Ele me devolveu os livros e com vergonha me despedi e saí.

— Já disse para não me chamar de senhor!

O grito do senhor Félix me deixou mais envergonhada.

O apartamento estava todo bagunçado, a cama, como sempre, desarrumada, a pia só estava com pouca louça porque eu comia fora todos os dias. O pó me fazia espirrar, mas minha planta estava bem cuidada. Olhando aquela bagunça, lembrei, não sei por que, que devia ajudar o senhor Félix. Pensei em várias coisas, depois de tudo o que vivera, o que poderia reconfortá-lo? O que o deixaria feliz?

O filho! A resposta veio como uma luz. Seu coração precisava do que lhe fora tirado, mas agora outras perguntas surgiam: Como poderia encontrá-lo? Como convencer a avó a deixar o menino ver o pai?

Aquele ambiente não estava me ajudando a pensar. O melhor a fazer era dormir, pois as alternativas mais criativas vêm dos sonhos, quando nos lembramos deles.

Ao acordar no dia seguinte, ainda eram cinco horas da madrugada. Ainda não havia sol e o silêncio dominava o local. Ainda sonolenta, tropecei e caí com rosto contra o chão. Ao sentar, não descobri no que havia tropeçado, mas percebi que acabara de encontrar uma solução para um de meus problemas.

Já estava saindo de casa quando percebi que deveria esperar as pessoas acordarem.

Eram seis horas quando ouvi um barulho de vidros quebrando e gritos. Os sons vinham do apartamento de baixo. Vozes irritadas eram atropeladas por gritos. Não conseguia entender o que diziam, mas parecia uma briga de marido e mulher. Com um baque violento tudo parou.

Depois de quatro horas sem nada para fazer, desci para a rua e pela primeira vez conheci minha vizinha, uma mulher de tom arrogante, que ao me ver simplesmente esticou o pescoço e entrou em seu apartamento.

Entrei no café e pedi, como sempre, um chocolate quente. Havia poucas pessoas no local, mas essas já roubavam a atenção de senhor Félix, não me dando oportunidade para falar com ele.

Só quando me aproximei do balcão para pagar meu chocolate quente, longe dos clientes, pude falar.

— Onde posso encontrar Cristal? — perguntei.

— Por quê? Encontrou um emprego para ela?

— Sim, eu quero contratá-la.

— Para quê?

— Para ser minha assistente!

— Tudo bem, não tenho nada a ver com isso. Todos os dias ela leva a filha para o parque da cidade.

— Obrigada e até amanhã!

— Não! Hoje tem apresentação, você tem de vir... A apresentação será do rapaz no qual esbarrou ontem... Acho que ele gostou você.

— Então por que eu viria?— perguntei irritada.

— Pense no assunto pelo menos — pediu ele.

Era só o que faltava, o senhor Félix bancar a casamenteira! O que é que aquele 'amigo' estava pensando? Era mais fácil morrer a sair com outro homem. Nunca me apaixonaria de novo!

Caminhando lentamente segui até a praça e a imagem de Luiz veio à minha mente. A tristeza me pegava desprevenida, invadia sem bater na porta e sem aviso prévio. As lembranças iam e vinham até que tudo se apagou quando vi o sorriso de Catherine.

— Olha mamãe, é a moça que me deu o chocolate — disse feliz.

— Olá!

— Oi, vim procurar você... Será... Aceita trabalhar como minha assistente?

Sem pensar duas vezes a mulher me abraçou, senti suas lágrimas quentes em meu pescoço e a apertei mais forte. Olhou-me com um sorriso parecido com o de sua filha.

— Aceito! — gritou.

— Mamãe, você está bem? Está chorando?

— Sim, mas estou feliz — disse enxugando os olhos e abraçando a filha.

Depois de muitas lágrimas, de muitos abraços e muita alegria, sentei-me com Cristal em um banco e ficamos observando Catherine brincar.

— Muito obrigada, está me ajudando de novo! Mas o que eu vou precisar fazer?

— Antes se importa de me dizer onde mora?

Ela me olhou estranho.

— Eu moro na casa dos meus falecidos pais, mas não sei até quanto tempo vou poder ficar por lá, não consigo pagar as contas.

Era tudo que eu precisava saber! A imagem de Cristal e Catherine no apartamento pareceu aconchegante. Eu teria companhia e Cristal um emprego, todos sairiam ganhando.

— Quero que venha morar comigo — convidei.

— O quê? Mas seus pais, eles...

— Não vão falar nada, eu moro sozinha, não sou casada, não tenho filhos, sou apenas eu!

A incredulidade nos olhos de Cristal indicava que ela, como todos, não achava isso normal. Uma menina da minha idade deveria estar sob o cuidado dos pais, pelo menos até encontrar um marido, ou até ter idade para ser considerada solteira para toda vida, então procurar um emprego.

— A senhorita trabalha?

— Não — falei sorrindo —, mas teremos muito tempo para falar mais a meu respeito.

Levantei e fui até Catherine, dei impulso no balanço, enquanto fazia o mesmo convite que fizera à sua mãe. De repente ela saiu correndo em direção a mãe com um sorriso no rosto.

— Mamãe, mamãe! — gritava. — A moça disse que vamos morar com ela. O apartamento é grande e que eu vou adorar... Nós vamos mesmo?

Seus olhos radiavam alegria. Cristal olhou-me surpresa e, não encontrando escapatória, assentiu sorrindo.

— Então aceita minha oferta? — perguntei, aproximando-me daquela pequena família.

— Sim — disse confiante.

7. Admirador

Fomos até meu apartamento. Por todo o caminho fui bombardeada por perguntas que saíam da boca de Catherine antes que eu pudesse responder.

Subimos as escadas, passamos pela porta destrancada e logo Cristal teve uma impressão errada do que deveria fazer. Catherine pareceu decepcionada, com certeza a bagunça não estava em seus planos, mas logo começou a correr alegremente.

— Então, é isso que vou ter de fazer?

— Mais do que isto: não quero apenas uma arrumadeira, quero que almoce comigo, que me ajude, que me faça companhia...

Cristal assentiu mais aliviada, indiquei que me acompanhasse. Ela pegou Catherine e me seguiu. Abri a porta de um dos poucos cômodos que não estava bagunçado.

— Esse será o quarto de vocês!

O quarto era grande, com uma cama de casal, um armário embutido e um banheiro privativo.

— Se preferir, posso pedir para colocar duas camas de solteiro — expliquei.

— Não, não é necessário, quanto mais perto melhor não é filha? Catherine, desça daí!

Ela estava em cima da cama, pulando alegremente, fazendo-me rir.

— Parece que ela gostou da cama... — disse rindo.

— Sinto muito — Cristal disse constrangida.

— Não há problema algum. Esse quarto é de vocês e podem fazer o que quiserem, e se sua mãe não deixar você pular — disse, voltando-se para a menina — pode pular na minha.

— Verdade?

— É, venha!

Peguei-a pela mão e saímos correndo em direção ao meu quarto. Cristal nos seguiu sem saber o que fazer.

— Não, parem...

Ao nos alcançar, eu e Catherine já pulávamos alegremente na cama. O olhar furioso da mulher nos fez parar.

— Pode brincar enquanto converso com sua mãe.

Ela nem pareceu ouvir, voltou a pular assim percebeu que sua mãe não prestava mais atenção.

— Deixe-me entender... Você tem certeza que me contratou para ser sua assistente ou quer que eu seja sua mãe?

— Acho que adivinhou — respondi, sorrindo.

Contei a ela minha história, derramei algumas lágrimas... Parecia que, à medida que a recontava, doía menos. Cristal ficou com pena de mim, mas compreendeu o porquê de eu precisar de companhia e prometeu me ajudar.

— Você soube da minha história, não é? E mesmo assim me contratou.

— Sim — admiti — deve ter sido bem triste.

— Nem tanto, eu sempre soube que era só fantasia. Ele me amava, mas sempre dizia que não poderíamos ficar juntos. Fiz nossa relação durar, não perdi nada. Sinto falta dele, mas olha o presente lindo que ele me deixou!

— É verdade, Catherine é uma criança maravilhosa!

A expressão em seu rosto mostrava que sentia muito mais falta de seu amor do que era capaz de admitir. Em seus olhos percebia-se uma força sem tamanho, que tentava ocultar através dos gestos delicados. Uma mulher batalhadora e amorosa.

— Depois eu fui embora e deixei Catherine com meus pais, eu era muito nova, não tinha como criá-la. Fui procurar uma vida melhor em outro lugar para depois buscá-la, mas meus pais morreram e eu ainda não tinha encontrado nada. Mudei para casa deles e tento arranjar um emprego desde então. É claro que o meu caso não se compara ao seu...

— Um dia — a interrompi —, um grande amigo disse que todas as feridas de amor sempre doem, mas vamos falar de outra coisa... Você precisa pegar alguma coisa em sua casa?

— Não, tudo o que a gente precisa está aqui nessa bolsa — disse indicando suas costas.

— Tudo está ai? Tem certeza? Não quer mais nada?

— Não se preocupe, é o suficiente.

— Já sei! Venham comigo.

A garota segurou a mão de sua mãe e as duas me seguiram porta afora. Ao passar pelo apartamento da vizinha de baixo, senti que alguém nos observava, mas dei pouca importância a isto. Andamos um quarteirão até chegar a um restaurante.

— Vamos almoçar!

Entrei com as duas em meus tornozelos, um garçom nos mostrou nossos lugares e nos ofereceu o cardápio.

— Podem pedir o que quiser e daqui iremos comprar o que vocês precisarem.

— Não, não é preciso.

O sorriso animado da menina sumiu ao ouvir as palavras da mãe.

— Eu não trabalho porque meu pai não deixa. Ele me manda dinheiro e esse dinheiro é para eu fazer o que quiser com ele e eu quero comprar coisas para vocês.

Ela nada falou, fizemos o pedido e em pouco tempo a comida já estava na mesa.

— Meu pai acha que mesmo estando longe de casa deve cuidar de mim até encontrar um marido. Mas para a infelicidade dele não vou me casar e quando ele perceber isso vai ter que me deixar trabalhar.

— Entendo seu pai... Mas por que não quer se casar? Tem medo de se apaixonar de novo?

— Não é medo, é que sei que não vou me apaixonar de novo e não vou casar com ninguém por obrigação. E você pretende se casar?

— Talvez, mas acho pouco provável. Ninguém vai querer se relacionar com uma mulher que tem uma filha e nunca foi casada.

Entendia o que ela queria dizer, o preconceito das pessoas era tão grande que não as deixavam ver as coisas boas que tínhamos a oferecer.

Catherine comia feliz. Quando acabamos fomos às compras.

— Obrigada, senhorita! — agradeceu Catherine quando comprávamos brinquedos.

— Não precisa me chamar assim. Meu nome é Isabel, mas se sua mãe não se importar, pode me chamar de tia.

— Tudo bem, tia!

Nossa tarde de compras foi muito boa, nos conhecemos melhor e nos tornamos amigas, nascia ali uma família. Compramos comida, roupas, sapatos, brinquedos e outros itens necessários à nova vida de Cristal e Catherine.

Voltamos para casa, arrumamos as coisas e o apartamento ficou irreconhecível.

— Vocês conhecem o senhor Félix, dono do café aqui em frente? Ele é meu amigo e me chamou para assistir a uma apresentação que vai ter essa noite. Eu gostaria que vocês fossem comigo.

As duas concordaram com um leve balançar de cabeça.

— Vou tomar banho, encontro vocês prontas em meia hora.

Quando acabei de me aprontar percebi que as duas já me esperavam. Descemos as escadas e atravessamos a rua.

O café estava mais cheio do que de costume. Todas as mesas estavam ocupadas, menos uma que estava reservada. Quando vi, senti vontade de rir.

— Oi! — disse uma voz conhecida

— Como sabia que eu vinha? — perguntei desconfiada.

— Intuição — falou o senhor Félix cheio de si. — Não vai me apresentar a suas amigas?

— Claro! Essa é Cristal...

— Muito prazer! E essa princesinha deve ser a Catherine.

— Ela mesma — disse Cristal.

— Agora que já estamos apresentados, vamos nos sentar.

O senhor Félix nos acompanhou até minha costumeira mesa.

— Não quis enfrentar seu novo admirador sozinha? — sussurrou em meu ouvido.

— Saia daqui! — murmurei, simulando uma irritação que não sentia.

Ele se afastou rindo, Cristal me encarou preocupada e eu a tranquilizei com um sorriso.

No palco estava o homem que esbarrara em mim. Observando seus traços, percebi que ficava muito charmoso sob a luz do holofote. Seus olhos encontraram os meus. Eram de um castanho tão suave que parecia muitas vezes adquirir uma coloração esverdeada. Seu rosto tinha traços fortes, parecia ser simpático e carismático, além de ter o olhar irresistível. Saí de meu transe quando um daqueles lindos olhos piscou.

— Ele está interessado em você — riu Cristal.

— Impressão sua — disse indiferente.

— E você está interessada nele!

— O quê? Claro que não! — quase gritei. — Ele até que é bonitinho — admiti baixando o volume da voz —, mas não estou interessada.

Ele continuava me olhando, mas eu evitava seu olhar brincando com minha nova sobrinha. Cristal me fitava como se eu fosse culpada de alguma travessura.

— Vou pedir um chocolate quente, vocês querem alguma coisa?

Fui até o balcão e fiz o pedido, voltei para a mesa o mais rápido que pude para evitar os comentários do senhor Félix. Pus dois chocolates e um café na mesa bem a tempo de perceber que começava a apresentação.

Continuava evitando o olhar do rapaz, concentrando-me em esfriar minha bebida. As músicas eram boas e bonitas, mas como eu já previra muito românticas.

Ao invés de ficar triste, fiquei brava, pois aparentemente ele cantava como se só eu estivesse ali. Seus olhos não se fixavam em mais ninguém. As palavras pareciam sair de sua boca com um único objetivo: chegar aos meus ouvidos e, quem sabe, alcançar meu coração.

— Você o conhece? — perguntou Cristal curiosa, percebendo a tensão no ar.

— Não — sussurrei antes de tomar um gole do chocolate quente.

Cristal percebeu que não estava interessada no assunto e desistiu de obter mais informações, mas não se deu por vencida.

8. Desejo profundo

As horas foram passando e a apresentação acabou. Ele agradeceu e piscou para mim, fingi não ter percebido. Catherine já estava dormindo como um anjo, peguei-a no colo e saímos. Em casa, nos recolhemos. Dormi pensando no meu amor.

Ele estava ali, na minha frente, com as mãos estendidas para mim, eu as peguei confiante; com movimentos leves e gentis ele me envolveu em seus braços. Senti meu coração bater mais rápido, mas eu estava bem, não poderia estar melhor.

— Sinto tanto a sua falta...

Calou minha boca com os dedos e a beijou. Um beijo doce e intenso, cheio de saudade.

Meus pés perderam o chão, enquanto me girava feliz, com nossos lábios ainda unidos. Afastei-me contra minha vontade. Precisava vê-lo. Com mais atenção percebi que possuía asas, fora esse detalhe ele continuava o mesmo. Toquei sua face com as pontas dos dedos e ele fechou os olhos. Os olhos negros e profundos, sua boca, seu rosto, seu nariz, seus cabelos bagunçados; estava mais lindo, perfeito, um verdadeiro anjo.

Mais uma vez o abracei, precisava do calor do seu corpo, de seu perfume inebriante, não queria parar de sentir o seu amor.

— Você não pode voltar? — perguntei.

Sorriu e fez que não.

— Então me leve com você!

Sorriu mais uma vez, mas desta vez era um sorriso triste. Pegou minha mão e pôs sobre seu coração, nada batia ali, não sentia nada, a não ser a maciez da sua pele.

O meu coração começou a doer com a dor da separação. Ele se afastou lentamente e olhou no fundo dos meus olhos.

— Não vá, eu preciso de você! Fique comigo — implorei.

O seu sorriso me fez sorrir também, era o que eu mais gostava nele. Beijou-me rapidamente, mas poderia ter sido uma eternidade; e sumiu no nada.

Acordei e a reação que estava evitando aconteceu: chorei até as lágrimas secarem. Sentia uma dor que não sabia ao certo de onde vinha, mas que me consumia por dentro. Tentei levantar e senti que caía num abismo. Ao longe ouvia passos apressados até a porta e esta ser aberta sem a menor cerimônia por Cristal, que correu em minha direção.

— Mas o que está fazendo no chão? — falou, me ajudando a levantar. — Você andou chorando?

Não respondi, então Cristal fez exatamente o que eu precisava, sentou-se em minha cama, apoiou minha cabeça em seu colo enquanto me ouvia chorar.

Ele não estava ali, não iria voltar. Minha melhora de todos aqueles dias se esvaiu com um pensamento suicida, mas essa ideia logo se dissipou ao me lembrar do senhor Félix, da Cristal, da Catherine, do Charles, da Jolie e até daquele motorista maldito.

Recuperada, fui levada até a mesa onde havia um banquete. Depois de tomar meu café da manhã recebi uma visita.

— Charles, que bom que voltou! — disse, esmagando-o em um abraço bem apertado.

— Sinto muito ter demorado tanto a voltar, mas depois da minha última visita, do que eu lhe disse, pensei que não quisesse mais me ver.

— Sempre vou quere vê-lo e agradecer também pelo carinho que me dedica... Mas deixa eu te apresentar minhas novas amigas: Cristal e Catherine — acrescentei ao ver a menina grudada na perna da mãe.

— Muito prazer! Sou Charles, motorista dos pais dela.

— O prazer é todo nosso; sou assistente dela.

Charles e Cristal se deram muito bem, deixei os dois conversando e fui tomar banho. Ao voltar, limpa e arrumada, percebi que era o assunto entre os dois. Aproximei-me sorrateiramente com a intenção de ouvir, às escondidas, mas fui denunciada por Catherine que quis me assustar enquanto estava concentrada.

— Posso saber do que estão falando? — perguntei enquanto pegava minha sobrinha no colo.

— Estamos falando de suas recaídas amorosas, se posso chamá-las assim — falou sério.

Fechei a cara e comecei a fazer cócegas em Catherine.

— Já melhorei bastante...

— Não é o que parece, visto o que houve hoje cedo — comentou Cristal.

— Catherine, por que não vai brincar no meu quarto? Eu já vou.

Ela assentiu e saiu saltitante, me fazendo esquecer a dificuldade de expressar o que estava preste a dizer.

— Eu não sei explicar... Ele faz parte de mim, eu não posso simplesmente esquecê-lo, não está certo!

Os dois me encaravam zangados, mas não me importei. Eles não entendiam minha dor, ninguém poderia entender, eu não gostava de sofrer, mas esquecê-lo seria um crime, algo inútil de se tentar. Juntar-me a ele poderia ter parecido uma boa ideia há algumas semanas, mas agora tinha outros sentimentos que me prendiam tão fortemente à vida que a ideia nem me passava mais pela cabeça.

Tudo o que restou dele foram lembranças, nada mais. Eu precisava dele e se isso me causava dor teria de suportar para tentar ser feliz. O amor é uma coisa complicada, inexplicável e mágica.

— Você não tem que esquecê-lo, mas ficar triste toda vez que se lembra dele não ajuda em nada, pode ter certeza de que ele não gostaria disso — Cristal jogou as palavras.

— Podem parar de se preocupar, vou melhorar... Vocês vão ver! — disse, indo para o quarto.

Não sabia ao certo se queria melhorar. O que significaria melhorar? Seria sinônimo de esquecer ou seria sinônimo de felicidade? No quarto, Catherine esperava por mim sorrindo. Aquele sorriso dissipou todas as dúvidas e mágoas, e tudo o que restou foi o desejo de nunca ver aquele sorriso se apagar.

Charles foi embora, mas prometeu voltar logo e deixou uma carta enviada por meu pai.

Isabel,

Minha querida filha, as notícias a serem dadas não são boas, além de toda a falta que sua ausência traz a essa casa, sua mãe chora todos os dias. Ontem foi expulsa do Clube das Damas, veja o mal que nos causou. Seu irmão brigou na escola defendendo o nome e a honra da irmã, e na cidade não se comenta outro assunto.

Minha filha, contei tudo isso para que repense sua decisão, para que se arrependa e volte para o amor da sua família, como pode ver, sua saída não amenizou nossa situação. Volte, eu te perdoo.

Com carinho, seu pai.

— Que bom que saí daquele lugar! — quase gritei.

Estava triste pelo meu irmão e pela minha mãe, mas se eu estivesse lá seria bem pior — não viveria. O irmão não era de brigar, mas sabia que ele faria qualquer coisa para protegê-la.

Ela não gostava daquele clube, era horrível, mas ser expulsa por sua causa era humilhante e a mãe não merecia isso.

Cristal leu a carta que estava no chão e ficou chocada ao terminá-la.

— Ele realmente acha que te contando isso vai conseguir que você volte?

— Não sei, só sei que se voltar não terei paz outra vez. Com certeza nunca mais serei a menina desconhecida. Passei a ser aquela que sai com qualquer um, como se Luiz fosse qualquer um. Acho que as pessoas esqueceram o que é o amor.

— Esse povo não sabe o que fala e devo admitir que seu pai é um desses, não ligue para eles. Fique aqui e seja feliz, ou tente pelo menos.

Não era algo fácil na prática, esquecer a família e tentar ser feliz, mas quem sabe as coisas não melhorassem. Eles poderiam até visitar-me, mas não voltaria para aquela cidade.

9. Sentimentos ocultos

Os dias iam passando. Catherine ia para a escola, Cristal cuidava de nós duas e eu não estava feliz. Tentava aparentar uma alegria que não sentia para que ninguém percebesse meus verdadeiros sentimentos. Não gostaria que meus sofrimentos causassem sofrimento em outras pessoas.

Na verdade tudo em mim estava doendo. As noites em claro me deixavam sonolenta, as lágrimas derramadas me deixavam com dor de cabeça e a ferida em meu peito se expandia para cada parte do meu corpo, não permitindo reparar no mundo em volta.

Cristal e Catherine me davam os curtos momentos de felicidade e lucidez, mas o senhor Félix a cada dia que passava falava menos, sorria menos e se tornava mais triste.

Não entendia o porquê de tanta tristeza. Quanto mais o via deprimido, menos vontade eu tinha de perguntar sobre tamanha tristeza.

Como sempre, à noite, nós três saímos sem trancar a porta e fomos até a cafeteria, que para minha surpresa estava toda decorada. Ao entrarmos, nossa costumeira mesa estava reservada, nos sentamos e Catherine foi ter sua conversa diária com seu novo amigo.

— Olá, meninas! — cumprimentou ele.

— Meninas... Quanta gentileza! — falou Cristal corando.

— Bebidas hoje por minha conta — disse, sorridente.

— Comemoração especial? — perguntei.

Ele saiu com os pedido e não respondeu. Perguntei-me se havia esquecido alguma coisa, mas nada me ocorreu. O aniversário dele era só dali a três meses, então o que poderia ser? Em meio ao sentimento de culpa, tentando lembrar algo que não deveria ter esquecido, o vi no palco. O que ele está fazendo aqui de novo? Senti seu olhar insistente e resolvi ignorá-lo. Ficaria feliz pelo senhor Félix.

— Olhe só quem voltou! E parece que não a esqueceu... — tagarelou Cristal.

— Esse homem me deixa nervosa.

— Posso saber por quê? — perguntou desconfiada.

— Porque eu me esqueci de algo que não deveria ter esquecido, olhe só tudo isso, esta decoração... Deve ser algo muito importante. E esse homem me olhando está tirando minha concentração — justifiquei zangada.

— Sei...

Durante toda a apresentação tive de aguentar aquele homem me olhando e Cristal vigiando minhas reações aos movimentos dele. Ouvi as músicas atentamente, sem fazer nenhum comentário ou expressar qualquer reação.

— Agora gostaria de convidar a todos para me acompanhar no parabéns ao filho do Félix.

Era isso! O aminado parabéns foi cantado por todos os

presentes. Todos os anos o senhor Félix comemorava o aniversário do filho "roubado", mas nunca me passou pela cabeça perguntar qual seria a tal data. Isso explicava a tristeza e a decoração. Isso era como meus sonhos, quando acabasse, doeria muito mais, e eu estaria ali ao lado para ajudar meu amigo.

Isso explicava tudo, menos o fato de aquele homem estar ali de novo.

— Eu não sabia que Félix tinha um filho — falou Cristal ao acabar de cantar.

— É uma longa história...

— Já entendi... Depois você me conta?

Sorri. Pedi para as duas irem sem mim. Esperei até que o café ficasse vazio e fui falar com o senhor Félix.

— Sinto muito!

— Aniversário é a data de nascimento, não de morte mocinha.

"No caso dele, não via muita diferença", pensei.

— Quatro anos... Como o tempo passa, não?

— Sinto muito! — repeti.

— Não sinta, estou feliz.

Algo não estava certo. Ele estava escondendo alguma coisa, eu estava ali para ajudar e era isso que iria fazer.

— Sinto muito! — resolvi insistir.

— Qual é o seu problema? Sente pela minha felicidade? Pare com isso.

Aquilo foi uma ordem e eu reparei que ele não estava feliz, o que não era uma surpresa. Estava fragilizada e, sem outra razão, comecei a chorar. Reparei que não estávamos sozinhos, aquele homem ainda estava ali, mas não liguei. Abracei o senhor Félix e continuei assim por longos minutos.

— Sinto muito... sinto muito!

Senti gotas no alto da minha cabeça, ele se afastou e senti meu rosto arder.

Apenas um tapa e eu pude sentir a pele latejar e minha

pulsação acelerar. Eu merecia e não o culparia por aquilo. Insisti em fazê-lo lembrar da dor que ele tentava esconder de si mesmo, eu o estava provocando a reagir e encarar a situação. Ele não poderia fugir de si mesmo.

— Você está bem? — não era a voz do senhor Félix.

Imediatamente me recompus. Aquele homem segurava meu amigo como se ele fosse uma fera pronta a atacar.

— Solte-o! — implorei.

— Ele acabou de esbofeteá-la.

— Não é da sua conta, se precisa falar com ele volte amanhã. Agora, solte-o e saia daqui!

— Mas...

Apontei para a porta, ele pegou seu violão e saiu. Olhei para meu pobre amigo e sentei-me ao seu lado.

— Sinto muito... — sussurrei.

— Eu também — foi tudo que disse.

Depois de vários instantes me olhou e acariciou a mancha deixada por ele, com o olhar inundado de remorso.

— Desculpe-me — disse sinceramente.

— Só se você me desculpar — respondi com um sorriso.

— Queria poder abraçar meu filho... Quatro anos e nenhum sinal dele.

As lágrimas desciam de seus olhos.

Sem saber o que fazer, afaguei seus cabelos grisalhos tentando acalmá-lo. Fiquei ali, reconfortando-o como a uma criança que perdera o brinquedo preferido. Mas o que ele queria era algo muito mais importante que um brinquedo, era uma parte dele. E assim a noite se passou.

10. Explicações

Com dificuldade, fechamos o café com um aviso de que estaria fechado, o acompanhei até sua casa e o ajudei a se acomodar na cama.

Era madrugada e as ruas ainda estavam vazias, quando finalmente cheguei em casa. Subi as escadas, ignorando um par de olhos curiosos que percebi no apartamento vizinho. Girei a maçaneta e entrei em meu apartamento, exausta.

— Onde você esteve a noite toda?

Cristal havia dormido no sofá, esperando meu retorno.

— Onde eu disse que estaria.. com o senhor Félix.

— Não fica bem, você com um homem da idade do Félix, juntos até essas horas.

Não queria discutir com Cristal, mas aquilo era um absurdo, um ultraje! Como ela podia pensar uma coisa dessas de mim... do senhor Félix? Melhor seria ignorar. Arrastei-me até meu quarto com Cristal logo atrás. Acomodei-me na cama e ela sem cerimônias sentou-se ao meu lado, disposta a não me deixar dormir até que contasse o que havia acontecido.

— Você devia agradecer ao Vítor por ter me avisado... — começou sabendo que eu não estava disposta a conversar.

— Vítor... Quem é Vítor? — atropelei suas palavras.

— Vítor é "aquele homem" que gosta de você e que insiste em falar que não é recíproco.

— "Aquele homem" é isso que ele é e sempre será, é um intrometidinho sem modos, que não respeita nem senhoras viúvas...

— Você não é viúva — cortou-me brava.

— Mas é assim que eu me sinto — ainda não havia tido tempo de me recompor das emoções da noite que passara em claro. — Podemos falar disso depois, eu não dormi a noite toda e você deve ter dormido mal.

— Tudo bem.

Ela saiu devagar, embora arrastando os pés no carpete como um claro sinal de que não queria sair. Deixou-me só, como eu queria. Estava tão cansada que adormeci rapidamente, um sono tranquilo e reparador, sem sonhos, só eu e o nada.

Acordei com preguiça de levantar e ter aquela prometida conversa. Permaneci na cama, evitando Cristal, queria um tempo de paz, sem problemas, sem melancolia. Tentei pensar em um lugar feliz, um que não me causasse sofrimento depois, e me lembrei de um livro que havia lido em minhas primeiras visitas à biblioteca.

Eu estava em uma campina com grama baixa, ao pôr do sol, que se escondia lentamente no horizonte, deixando para trás um rosa alaranjado que tingia o céu. A noite veio e vários pontinhos luminosos subiram das flores... Lembrava dessa parte do livro, que quando li me deixou maravilhada. Ao som do vento os pontos giravam e dançavam, alguns pousaram em minha mão e de repente eu girava com eles, voando.

— Por que está sorrindo?

Abri os olhos e toda minha fantasia se foi, meus quinze segundos de paz desapareceram.

Catherine se divertia vendo meu sorriso sem encontrar um porquê para ele. Abracei-a e a enchi de beijinhos. Ela gritava por socorro enquanto ríamos.

— Catherine, eu disse para ver se ela havia acordado e não para acordá-la — repreendeu Cristal.

— Desculpe-me — sussurrou uma encabulada Catherine.

— Não tem problema.

— Mamãe atrasou o almoço duas horas esperando você acordar.

Com certeza já passava das duas da tarde. Lavei o rosto e fui até a cozinha.

— Por que estavam gritando?

— Minha tia me encheu de beijos, eca! — respondeu a menina.

— É eca? Vem cá!

Segurei-a bem forte e beijei seu rosto.

— Está feliz está tarde...

— Mamãe, você precisava ver o sorriso que tinha no rosto dela.

Corei.

— É? Com quem será que a titia estava sonhando, com “ele” ou com “aquele homem”?

— Com nenhum dos dois, e se fosse com "ele" você brigaria comigo e se fosse com "aquele homem" não seria um sonho, seria um pesadelo.

Mantive a seriedade e ela reparou em mim pela primeira vez naquele dia. De repente ficou séria e eu não sabia qual era o problema, até que ela veio em minha direção e tocou minha face direita — senti uma dorzinha.

— O que houve no seu rosto?

— Nada — menti, indo tomar água.

Cristal saiu da cozinha, o que não foi uma reação normal, ela sempre queria todos os detalhes. Pisquei para Catherine, que estava estudando meu rosto, enquanto sorria inocentemente.

— Isso... é nada?

Cristal segurava um espelho, que refletia minha imagem nervosa. Percebi uma mancha roxa que não estava ali na noite anterior.

— Explique-se! — ordenou Cristal, muito nervosa.

— Catherine?

— Vou brincar no seu quarto — respondeu-me a menina entediada.

— Ela é esperta, é para o seu quarto que você a manda sempre que vamos ter uma conversa séria — comentou Cristal, sentando-se à mesa e esperando que eu fizesse o mesmo. Não havia tempo para encontrar desculpas, ela queria respostas. Abri a boca, mas as palavras não saíam.

— E então?!

— Levei um tapa.

— Isso eu já percebi, dá para ver o formato dos dedos. Se você não estiver mentindo para mim, tudo me leva a acreditar que o autor dessa façanha é o Félix.

Não concordei, escutei sem a encarar.

— Foi ele? Foi sim... Como ele pôde? Olhe para você, deve ter sofrido.

Percebi que meu silêncio a deixava mais nervosa, mas respondia a todas as suas perguntas sem que eu precisasse afirmá-las.

— Aquele velho... sempre tão gentil e amigável. Covarde... Como teve coragem de bater em você? Maldição! Eu o considerava nosso amigo...

— Pare! — pedi, sem forças para continuar com o interrogatório.

— Então vai me explicar o que aconteceu para que eu não chegue a conclusões erradas.

Depois que ela se acalmou, e eu também, contei a história do senhor Félix, com todos os detalhes. Ela, como mãe, compreendeu sua dor.

— Depois que vocês saíram, esperei até que o café ficasse vazio para conversar com ele, pedir desculpas, mostrar meus sentimentos. Pensei que ele estivesse triste, mas me recebeu sorrindo, escondendo toda a mágoa que trazia consigo.

Aquela lembrança da dor em seus olhos, escondida sob a falsa felicidade, voltou à minha lembrança. Falei de minha tentativa frustrada de trazê-lo à realidade, não fugir da dor e enfrentar a situação. Não importava o que acontecesse, eu estaria sempre pronta a ajudá-lo, disposta a levar mil tapas se fosse preciso, só para ele ter seu filho de volta.

Embora tenha descrito toda minha ousadia em enfrentá-lo, para Cristal, nada justificava a agressão física. Tudo que fiz foi ouvido e guardado por minha amiga, que não passava um segundo sem me lançar um olhar de reprovação. Ela ouviu tudo quieta... quieta até demais. Quando terminei a história, esperava que ela brigasse comigo ou que brigasse com o senhor Félix, mas ela só ficou me estudando.

— Bem, nada explica um ato violento, mas se você não quiser se queixar dele, vou esquecer que isso aconteceu — disse, depois de muito pensar.

— Não vou fazer isto!

— Então tudo bem, isso nunca aconteceu.

Seu tom de voz estava estranho, não demonstrava sentimentos, nem emoções, parecia desprovida de vida ou paixão. Ela levantou e saiu andando como se eu não estivesse mais ali. Segui-a para pedir desculpas por tê-la decepcionado. Mas quando a alcancei, ela virou-se para mim rindo.

— Só tem uma coisa errada!

— O quê? — perguntei ansiosa.

— Não devia ter sido tão grossa com Vítor, quando o vi estava realmente abalado — falou gargalhando.

Saí correndo atrás dela, enquanto ela ria.

Catherine, quando ouviu o barulho que fazíamos, começou a correr também, em círculos, como se estivesse dançando. Depois de muito corre-corre alcancei Cristal e já não me lembrava mais o porquê de tentar alcançá-la. Jogamo-nos no chão, rindo muito e, ao ver tudo o que havia construído, me senti sortuda por sair daquela cidade, pois aqui era o meu lugar.

11. A vizinha de baixo

Estava feliz, não por tê-lo esquecido, mas por fazer o que ele gostaria que eu fizesse: seguir em frente. Ver a parte bela das coisas me ajudou. Meu "felizes para sempre" chegaria quando estivesse com ele outra vez. Não sabia quando e não importava onde, só sabia que era para lá que, um dia, eu iria. Demoraria um pouco para encontrá-lo, mas o que eram os anos que me restavam comparados à eternidade? A vida havia encontrado um novo sentido para minha existência.

Aproveitava cada dia com intensidade, não desaminando em nenhum momento; à noite, tinha sonhos incertos, mas que não me assustavam mais.

Cristal tratou o senhor Félix como antes, como havia prometido. Charles vinha duas vezes por mês me visitar e trazer notícias sobre a família.

— Como vai senhorita Isabel?

— Vou muito bem, Charles.

— Retirei na biblioteca os livros que pediu, em um mês preciso devolvê-los.

— Pode deixar, já terei terminado antes deste prazo — disse, abraçando-o agradecida.

Pedir que Charles trouxesse livros da antiga biblioteca fora a forma de evitar a biblioteca local e a velha rabugenta novamente.

— Olá! Como vai Catherine?

— Muito bem, e o senhor? Sabia que aprendi a ler? — falou a menina sem esperar uma resposta.

Catherine adorava falar e agora que estava na escola havia muitos assuntos para conversar: o que tinha aprendido na aula, a coleguinha que gostava de puxar o cabelo das outras, os belos vestidos que sua professora usava. Ela adorava Charles, porque ele adorava ouvir suas histórias.

— Tenho uma coleguinha que é má — dizia animada para o homem.

— É?! — respondei Charles realmente interessado no assunto.

— É! Semana passada ela sujou a mão de cola e começou a puxar o cabelo de outra menina.

— Que horror!

— É... eu falei isso para ela. Eu disse bastante coisa para ela. Falei para ela parar e falei como era errado, que ela devia ser legal para ter amigas.

— E o que houve?

— Quando olhei para ela... ela estava dormindo — respondeu surpresa.

Fui para a cozinha para não magoar Catherine com minhas risadas. Cristal fazia o almoço e riu muito quando lhe contei a história de Catherine.

— Ela nasceu para fazer discursos — falou a mãe rindo. — Pode fazer um favor para mim?

— Claro!

— Poderia ir até o mercado e comprar tomates, eles acabaram.

— Já estou indo.

Passei pela sala, sem fazer barulho; Charles e Catherine ainda conversavam. O bom de morar ali era que tudo ficava perto o bastante para ir a pé, mas o ruim era que, com essa facilidade, eu não conhecia o resto da cidade. Andei todo o percurso com a impressão de estar sendo seguida, me senti melhor ao entrar no mercado.

Gritei quando uma garota saiu de baixo do balcão dos tomates e agarrou minha perna.

— Calma Isabel, está tudo bem! — sussurrou. — Que escândalo, pare de gritar — pediu.

A garota levantou-se e colocou a mão sobre a minha boca. Como sabia meu nome? Ela estava me seguindo?

— Você não me conhece, mas posso me apresentar... Vai gritar outra vez?

Fiz que não.

— Está bem...

Retirou a mão de minha boca e por um segundo pensei em gritar novamente. Será que alguém no mercado havia ouvido meus gritos?

— Sou sua vizinha! — disse estendendo a mão.

Eu a cumprimentei surpresa. Minha vizinha? A que vivia me vigiando? "Pelo menos não seria roubada", pensei aliviada.

— Quer me matar de susto?! — explodi.

— Não! — explicou, sorrindo.

Ela era da minha altura e seu corpo ainda estava em desenvolvimento. Tinha os olhos grandes e curiosos, pretos, seu cabelo era castanho. Algo no seu jeito demonstrava que tímida ela não era.

Sem perceber, havia deixado cair um tomate em perfeito estado, que se espatifou, por sorte no pé da garota, que olhava para os sapatos, enojada. Ignorei-a e voltei às compras, olhando em volta para me certificar que ninguém havia presenciado aquela cena de pastelão.

— Está comprando tomates?

— Sim — respondi. — Você pode me explicar por que está me seguindo e vive me espiando pela fresta da porta?

— Você percebeu? — perguntou envergonhada. — É que eu acho você fascinante.

Suas palavras fizeram-me sentir como se fosse uma cobaia de estudos científicos.

— Minha mãe não gosta de você.

"Que bom saber", pensei ironicamente.

— Ela acha errado uma menina da sua idade...

— Tudo bem, já sei onde isso vai dar, mas não respondeu minha pergunta.

— Minha mãe não me deixa sair quando você está por perto, diz que você é um mau exemplo, então eu fico te observando e hoje consegui sair sem ser notada. Eu precisava falar com você, você é um modelo para mim — falou com um enorme sorriso.

Essa menina é louca? Como eu poderia ser um modelo para alguém? Mesmo que não tivesse feito nada de errado. Não seria responsável pelos atos daquela adolescente sem juízo. Tentei fugir dos julgamentos, mas o preconceito estava sempre me perseguindo.

Fui até o caixa pensando em tudo que aquela jovem tinha falado. Paguei e segui para casa com ela no meu encalço.

— Meu nome é Melissa. Vamos ser amigas? Você podia me esconder até eu conseguir fugir desta cidade.

— O quê? Não! Olhe Melissa...

— Pode me chamar de Mel... Eu poderia trabalhar para você.

— Eu já tenho quem faça isso...

— Sei... a Cristal. Já a vi, e a filha. Mamãe também não gosta dela. Como posso te chamar?

— Obrigada, mas estou bem satisfeita com Cristal e pode

me chamar pelo meu nome, Isabel.

Ela segura em meu braço e estava se tornando uma companhia desagradável. E ainda era filha daquela vizinha, de quem estava começando a não gostar.

— Sei... Mas se ela fosse tão eficiente você não teria que fazer as compras para o almoço e tem a criança, que certamente dará trabalho. Não tenho filho, você nem vai notar minha presença... Não tem nenhum apelido? Não se ofenda, mas não gosto muito do seu nome.

Seria impossível não notar a presença dela.

— Não me importo de fazer as compras e gosto da presença de Catherine. Não se preocupe, não fiquei...

— Que tal Bel?

—... ofendida.

— Ou então Isa?

— Esses apelidos não me trazem boas recordações...

— Tudo bem, que tal Is?

— Is?!

Aquela viagem para casa estava demorando demais. Ainda estávamos na metade do caminho e eu estava quase esmagando os tomates.

Para minha sorte, o restante do caminho ela foi pensativa, o que me deixou apreensiva sobre o apelido que me daria. Subimos as escadas enquanto pensava em uma forma de me livrar dela e não ter de convidá-la a conhecer minha casa. Porém, eu estava com muita sorte, ao passarmos pelo segundo andar, a mãe a esperava na porta.

— Melissa, entre imediatamente!

— Tchau, Sab! — falou sorrindo.

A vizinha sequer me olhou, mal a garota entrou, ela bateu a porta. Sab? Parecia nome de robô ou algo parecido, com certeza não lembrava a nada desse mundo. Realmente aquela garota era muito estranha. Aquela conversa me causou uma forte dor de cabeça e resolvi não contar nada a ninguém, simplesmente fingi que não acontecera.

Entreguei as compras para Cristal. Ela acabou de preparar o almoço e todos comemos. Catherine contou suas histórias, Charles me trouxe notícias e recado de meus pais e o dia em "família" acabou.

12. Sonho de infância

Todas as noites contava histórias para Catherine ou a ajudava a ler. Sua favorita era uma que eu tinha inventado e agora sabia de cor de tanto repeti-la.

— Então o que vamos fazer hoje?

— Estou com muito sono para ler, conta a história da estrelada.

— Mas já a contei diversas vezes.

— Por favor...— falou, fazendo beicinho.

— Assim não vale, mas está bem. Tinha uma menina...

—... que não gostava de nada.

— Isso. Ela vivia brava por...

— ... não ter um mundo só seu. — completou a menina

— Quer contar a história?

— Não! Continue.

— Essa menina vivia sonhando, mas nem assim era feliz. Por onde passava as pessoas eram contagiadas pela sua raiva, deixando todos tristes. Nada a contentava...

— Eu acho que essa menina perece com a malvada lá da escola...

— Um dia, uma flor perguntou: "O que eu posso fazer para te ajudar?" e a menina respondeu: "Me faça feliz", e a flor tentou de tudo, mas nada a deixava feliz, então a flor murchou. No dia seguinte, uma pedra perguntou: "O que você quer?" e ela respondeu: "Ser feliz", e a pedra fez de tudo, mas a menina não ficou feliz, e a pedra se quebrou. No terceiro dia, uma estrela lhe perguntou: "Por que você não é feliz?" e a menina não soube responder, a estrela continuou: "Então como sabe que não é feliz?" ela não respondeu. A menina passou a reparar à sua volta e viu todo o mal que havia causado. Olhando seu reflexo, tentou sorrir e ser feliz, mas não adiantava, ela não conseguia ser feliz e ninguém conseguia ajudá-la, então foi falar com a estrela: "Dona estrela, a senhora é feliz?", e ela respondeu: "Sou, porque faço os outros felizes, e você é feliz?", a menina respondeu: " Não!", "E você já tentou?", quis saber a estrela, "Sim", respondeu a menina. A estrela então explicou: "Só sorrir não fará você ser feliz, mas se quiser ser realmente feliz, você será".

Continuei. A menina começou a perceber que a única culpada de sua infelicidade era ela mesma. Estava cercada de beleza e carinho, mas não via felicidade em nada e em ninguém. Um dia, caminhando tristemente, ela encontrou a estrela: "Dona estrela, pode me transformar em uma pessoa feliz?", a estrela a questionou: "Por quê?", "Porque quero fazer as pessoas felizes", respondeu a menina. A estrela concedeu o pedido e a menina passou a se chamar Estrelada. Fazia as pessoas felizes e era mais feliz que todas elas juntas, pois enfim conquistara um mundo para ela. Fim! — sussurrei.

Esperava que Catherine estivesse dormindo, mas me olhava pensativa, bem quieta.

— O que houve? Pensei que estivesse com sono.

— Estava.

— Estava... não está mais?

— É que eu estava pensando se não podia ser como uma estrela, ajudar os outros, fazê-los felizes...

— Você me faz feliz — sorri.

— Não é bem isso, acho que queria ser uma super-heroína.

— Mas as heroínas salvam as pessoas, não as fazem felizes, necessariamente.

— Mas quando estão a salvo não estão felizes? Ou para serem felizes não precisam estar a salvo?

Catherine era realmente muito inteligente e criativa. Discutir com ela era causa perdida, pois sua criatividade infantil a ajudava a arranjar soluções inquestionáveis.

— Bem, talvez...

Deitei ao seu lado e comecei a afagar seus macios cabelos castanhos. Minha sobrinha era a menina mais linda, gentil, amigável e esperta de todo o mundo. Mas seu olhar nunca me escondia nada, ela tinha mais coisa para perguntar.

— Acha que posso ser uma heroína?— perguntou tímida.

Eu já havia feito uma pergunta como aquela ao meu pai, mas quando era pequena queria ser uma fada. Naquela noite chuvosa não tinha nada para fazer e resolvi falar com meu pai, não sei como chegamos àquele assunto, mas a pergunta foi feita.

— Pode ser qualquer coisa que queira ser — respondi em um suspiro.

— Que bom, mas não vou bater em ninguém... só conversar — completou com um bocejo.

— Por que gosta tanto desta história? — perguntei tentando conter minha lembrança.

— Porque me lembra você. Você é culpada por ser triste e contagiar as pessoas, então se estrelada ficou feliz, quer dizer que você também vai ficar!

— Sabia que você é esperta demais para sua idade?

— Sabia, e por falar em minha idade...

— Já sei, seu aniversário está chegando, mas antes tem o do senhor Félix.

— Sim... boa noite! — disse fechando os olhos.

— Boa noite.

Dei um beijo em sua bochecha rosada e fui para o meu quarto. “Você é culpada por ser triste” soava em minha cabeça.

— Que menina esperta — murmurei —, quer ser heroína... já salvou uma pessoa.

Deixei as lembranças me levarem a outro tempo, outra conversa.

— Papai, acha que posso ser uma fada? — perguntei esperançosa.

— Como? Que ideia mais boba! Fadas não existem! — falou, sem tirar os olhos de seus papéis.

— Filha — agora olhava para mim —, você tem que crescer e quando ficar grande vai se casar com um homem rico e poderoso, que vai lhe dar filhos e será muito feliz.

— Não quero — disse chorando.

— Mas é assim que as coisas são, enxugue esses olhos agora mesmo e vá para seu quarto.

A lembrança da corrida até o quarto, a tentativa de segurar as lágrimas que se recusavam a cessar e a voz da mãe carinhosa ainda estavam gravadas em sua memória.

— Querida, o que houve? Diga para a mamãe por que está chorando, meu bem? — perguntou me abraçando.

— Pare de mimar essa menina, é por isso que está desse jeito, chorona e sonhadora — vociferou o pai.

— Eu... mimando minha filha, só estou consertando os seus erros para...

Não gostava de vê-los discutindo. Tranquei a porta do quarto e chorei, vendo meu sonho destruído e meu destino traçado. Sendo obrigada a crescer aos sete anos de idade.

Pelo menos as coisas não aconteceram como meu pai havia planejado, mas a dor que suas palavras tinham me causado ainda estavam presentes em minha memória. Lembrava-me bem, ainda pequena, de camisola, os cabelos presos em uma maria-chiquinha e uma boneca nos braços. Meu pai não era uma pessoa ruim, só não sabia lidar com as pessoas. Sua família era seu maior orgulho, eu obediente e estudiosa, meu irmão mais novo, forte e galã, e minha mãe, gentil e bonita para desfilar com meu pai. Uma família impecável!

13. Familiarizando

Você se torna como seus pais ou aprende com os erros deles. Eu não gostava de admitir, mas não tive o melhor pai do mundo, sempre cheio de trabalho e autoritário, principalmente em casa. Minha mãe era professora, mas nunca lecionou, meu pai não deixou. Ela sempre me incentivou a tentar ser feliz, aliás, um sonho que ela própria nunca conseguiu realizar.

No casamento deles não havia amor, só respeito. O que aconteceu com minha mãe deveria ser o meu futuro, mas graças a um escândalo isso não aconteceu. Minha mãe não me julgava, pois possuíamos histórias parecidas, mas com finais diferentes.

Mamãe morava em uma pequena vila no interior, à beira de um rio. Ela me contou que um dia, caminhando pela margem, viu vários barcos estranhos — eram ciganos, e a ordem de seu pai era clara "nunca se aproxime deles"; mas ela adorava desobedecer. Era uma moleca da minha idade que sempre fazia o que queria.

Ao ver os barcos atracados chegou mais perto e ao se deparar com um par de olhos azuis como o céu e brilhantes como as estrelas, apaixonou-se à primeira vista e, com o susto, saíra correndo.

Mamãe havia me contado que, quando seus olhos encontraram com os dele, perdera o ar, a pulsação havia acelerado e ela não conseguia mexer um só músculo. Perdida na imensidão de seus olhos, só enxergava o próprio reflexo. Contara que as tão famosas borboletas no estômago lhes causaram uma estranha sensação. Estava presa, não adiantava lutar. Havia sido pega por uma armadilha que não a soltaria mais e ao relaxar estava em êxtase. Com um olhar soubera que seu lugar era ao lado dele. Ao ouvir a história de minha mãe, não imaginava que anos mais tarde viveria todos aqueles sentimentos.

Pela primeira vez ela se sentiu domada e o medo a tomou, mas a lembrança daquele momento não a deixou longe por muito tempo. No dia seguinte ela voltou para a margem do rio e para a sua surpresa, ele a esperava. Lembro-me como a felicidade iluminou sua face ao descrevê-lo. Alto, vestindo uma camisa desabotoada, deixando seus músculos à mostra, os cabelos, longos até o ombro, negros e lisos, presos em um despojado rabo-de-cavalo, a pele morena com um brilho dourado e os olhos azuis que se destacavam como uma luz na escuridão, envoltos por longos cílios pretos.

Ela se derretia toda só em pensar nele. Passavam dias inteiros juntos, escondidos em seu barco. Com o passar do tempo, seu pai, meu avô, começou a desconfiar e, ao ver os dois juntos, para impedir o namoro, mudou-se com a família para sua cidade natal, onde foi obrigada a casar com meu pai tão logo se estabeleceram por lá. O relacionamento com meu pai lhe roubara a juventude, os sonhos, a rebeldia, o amor e a felicidade.

Este fim, minha mãe nunca me contou; é algo que observei de minha convivência com ela. Eu estava certa que não casaria com ninguém só por que era desejo de meu pai e sabia que minha mãe estaria ao meu lado nesta decisão. Lamentava não pela minha vida, que estava apenas começando, mas pela dela.

Minha mãe era muito branca, com as maçãs sempre rubras, seus olhos tinham a cor de chocolate ao leite, seus cabelos longos, lisos e ruivos. Em fotos os via soltos ao vento e podia imaginá-los balançando, indomáveis; mas, hoje, ela andava com uma trança bem apertada que descia até a cintura.

Um leão domado não se sente selvagem, um pássaro engaiolado não tem prazer em cantar, a liberdade deveria ser o primeiro passo para a felicidade, mas mesmo assim a senhora Sofia, eternamente jovem Sofia, sonhava e espalhava sua alegria me trazendo esperança.

Meu pai não conhecia a maravilhosa mulher que tinha, mas reconhecia e respeitava seu intelecto. Eles não se conheciam, apenas superficialmente, o suficiente para fazer dar certo o que começou errado. Na relação deles houve algo que os uniu. O único motivo que os deixou juntos por tanto tempo — meu irmão. Nasci oito meses depois do casamento, nos dois anos que se seguiram, não me lembrava de nada, mas soube que eles brigavam muito. Uma terrível fase de adaptação para ambos, mas quando minha mãe deu a luz a um menino, tudo se resolveu. Não tive ciúme do meu irmão. Tinha medo de ficar sozinha se eles se separassem; quando vi os dois felizes, juntos, com um bebê no colo, podia jurar que uma luz emanava dele.

Depois tudo pareceu se encaixar, de uma maneira fria, mas estava se ajustando. Eu passava meus dias na biblioteca e meu irmão nas quadras de futebol; em nosso tempo livre ficávamos juntos em casa, conversando. Nós sabíamos tudo um sobre o outro, até quando havia algo errado, e sempre nos ajudávamos.

Ele teve vários namoricos, casinhos, e a maioria com desmioladas que valorizavam mais seu físico. Ridículo. A única que aprovei foi exatamente a que terminou com ele e devo admitir que ficou arrasado. Não gostava que seus amigos ficassem perto de mim, tinha medo que se apaixonassem, dizia que eu merecia coisa melhor. Assim, os poucos meninos que chegavam perto fugiam ao abrir a boca, não aguentavam uma menina discutindo seus direitos, falando sobre política, medicina ou analisando-os psicologicamente. Minha forma preferida de espantar as pessoas era falar verdades que elas não queriam ouvir, educadamente, mas sempre a verdade.

Achava-me estranha, não era de atrair muitos olhares, o que todos em casa diziam ser bobagem, mas eu sempre soube que ficaria sozinha.

14. A tentativa

"Parabéns para você..."

Estávamos, Cristal, Catherine e eu, na casa do senhor Félix. Cantávamos animadas enquanto nosso aniversariante não parecia estar ali.

— Senhor Félix? — sussurrou Catherine, tirando-o do devaneio.

— Sim? — respondeu confuso.

— As velas, o senhor tem que apagá-las.

— Embora seja aniversário, ainda estou na flor da idade, então continuo sendo você, não senhor.

Com seu sermão assoprou as velas e recebeu nossos abraços de felicidades. Não comeu bolo nem conversou muito. Cristal e eu estávamos apreensivas e Catherine brava por não ter atenção.

Os olhares de Amanda, espalhados nos porta-retratos, pareciam fixos em mim, me assustando pela primeira vez. Naquele dia, o olhar dela tinha algo mais... Os sentimentos do senhor Félix eram transparentes, todos sabíamos, o presente que ele mais desejava, ninguém poderia dar.

Fomos embora cedo. Não conseguimos alegrá-lo. Eu sentia que devia fazer alguma coisa, mas o quê? Fui dormir esperando que na manhã seguinte tivesse alguma ideia para ajudá-lo.

— Quero que procure um detetive — pedi a Cristal logo que acordei.

— O quê?

— Não, quero que procure o melhor detetive.

— Mas para quê?

— Simples: procurar o filho do senhor Félix.

A emoção estava me excitando, era isso... por que não tivera esta ideia antes? Encontrar o filho era tudo o que o senhor Félix queria na vida, e mesmo que aquela mulher não lhe devolvesse o filho, ele saberia de seu paradeiro.

— Quer contratar um detetive particular? — perguntou espantada.

Assenti. Sabia o porquê do espanto. Minha renda mensal não pagaria a fortuna que os espertos detetives cobravam. Eu teria dificuldade em conseguir a verba, mas sabia que não era algo impossível.

— Mas como vai conseguir o dinheiro?

— Tenho minhas economias... e posso pedir ao meu pai.

Ao ouvir a frase Cristal engasgou com o suco que tomava e começou a tossir desesperadamente.

— Pedir a seu pai? Acha que ele realmente dará o dinheiro para esta extravagância?

— Meu pai não é um carrasco! É só pedir com jeito e ter uma boa desculpa.

Diversas situações começaram a se formular na minha cabeça, só teria que escolher uma convincente.

— Pensei que não mentisse para seu pai.

— Não vai ser uma mentira... Talvez... É uma mentira, mas é por uma boa causa. Então, conhece algum detetive?

Cristal não olhou para mim, estava séria, fitando o chão. O que quer que estivesse se passando em sua cabeça, eu sabia que não ia me agradar.

— Tem certeza que quer fazer isso? Será que vale a pena? Ela não dará o menino para ele e essa busca pode durar anos.

Se eu tinha certeza? Ele estava sofrendo, se fosse para fazê-lo feliz valeria a pena. Mas ela estava certa, a senhora não entregaria o menino tão fácil, um suborno não seria o suficiente e minha ideia de justiça era, no mínimo, ingênua. Precisaríamos de um advogado e a guarda era acordo que se basearia, principalmente, na opinião da criança, que neste caso não conhecia o pai. Sem contar que a busca poderia durar muito tempo, tempo demais.

O desânimo tomou conta de mim, os cuidados de Cristal colocaram dúvidas em meu plano perfeito.

— Só faça o que eu te pedi! — pedi de forma autoritária.

Dois dias depois tive a primeira reunião com o detetive. O caso era complicado, uma vez que não havia muita informação sobre a criança, mas o homem entendeu o que eu queria — encontrar o menino. O senhor Félix não desconfiava de nada. Voltou ao bom humor de sempre e estava alegre, preparando o aniversário de Catherine, que faria seis anos. A pedido de Catherine, não me envolvi com os preparativos, deixando tudo sob os cuidados do senhor Félix. No dia da grande festa, chegamos ao café mais cedo para ajudar na decoração.

Sete horas. Algumas meninas da turma de escola de Catherine chegaram e começaram a correr por todo o estabelecimento, deixando-nos exaustos. Só pararam quando sentiram o cheiro da comida e ouviram o som de um violão.

Aquele homem ainda estava ali. Eles haviam planejado tudo, aquela apresentação era para mim. E lá estava ele de novo, cantando suas músicas com os olhos fixos em mim.

Todos se divertiam, menos eu. Cristal e o senhor Félix riam, de mim com toda certeza, pensava enquanto os observava. Apesar de tudo, pelo menos, Catherine estava feliz e isso me fazia feliz.

Vítor havia escrito uma nova música, o que era um alívio, mas essa era basicamente sobre... mim. A letra falava sobra um amor não correspondido, falava de sua dor e em seus versos idolatrava a mulher amada, o que me abalou.

Sem perceber, estava sorrindo e olhando fixamente para ele. Pela primeira vez reparei que era mais que bonitinho, ele era lindo, principalmente seus olhos. Seu cabelo era castanho claro, quase loiro, não era curto nem longo, caía despojado em alguns cachos; os olhos traziam aquele castanho esverdeado, nos lábios um leve sorriso zombeteiro e no queixo havia uma covinha.

— Então? Boba essa música, não acha? — perguntou sarcasticamente Cristal.

— É... eu achei... muito boba — disse ainda perdida em seus olhos.

Com um pigarro, que me tirou do transe, ela foi até o balcão. Envergonhada, evitei olhar para ele.

Cantamos para Catherine e comemos bolo. As meninas conversavam aos gritos; uma delas pegou um pouco de bolo com as mãos e jogou no cabelo de outra. É claro que depois de levar uma bolada nos cabelos a menina tentou revidar e começou a maior guerra de comida que eu já havia visto. Entre berros e choros para permanecerem na festa, todas foram embora sujas e nós tivemos que limpar tudo. Havia bolo em todo o chão. Meu cabelo estava duro e a pele grudenta por causa do glacê, ninguém saiu imune, até o violão estava sujo. Depois de mil desculpas de mãe e filha, limpamos tudo.

— Posso falar com você? — ouvi aquela voz, quando estávamos na porta.

Virei nervosa, era aquele homem. Com o coração acelerado, fiquei paralisada. A última vez que havíamos conversado o mandara embora aos gritos. Cristal me deu uma cotovelada na costela.

— Não posso — respondi de imediato.

— Por que não? — perguntou Cristal.

— Tenho que me lavar antes que as formigas venham me jantar — disse irritada.

— Deixe disso, vá logo, você está ótima, o banho pode esperar.

Sem encontrar uma saída, assenti a contragosto e o segui para fora do café. Realmente queria um banho. Não era só uma desculpa para me livrar dele, embora tivesse funcionado se Cristal não tivesse se intrometido.

— Se importa se caminharmos?

— Não — respondi sem jeito.

Olhei para trás. As duas já estavam subindo as escadas e o senhor Félix já havia fechado a porta. Eles tinham planejado tudo, até os mínimos detalhes, e aquele homem deve ter ajudado, ele queria se aproximar fazia tempo, é claro que havia ajudado.

— Sabe...

Sua mão parecia dançar no ar à procura da minha, que dançava em sentido contrário. Estávamos perto um do outro, perto demais.

— Desde a primeira vez em que te vi — falou tocando finalmente minha mão —, não paro de pensar em você — parou, olhando no fundo dos meus olhos.

Confusa, soltei minha mão da sua sem muita delicadeza e saí correndo.

Não vi sua expressão confusa me acompanhar até entrar em meu apartamento. Não parei até chegar à porta. Fugi de medo de seu toque. Aquela sensação... já havia sentido aquilo e isso não era um bom sinal.

15. Novo pretendente

Na manhã seguinte, acordei mal-humorada, enquanto respondia a várias perguntas.

— Você saiu correndo, por quê? Sabe a dificuldade que foi convencer esse homem a falar com você?

— Não grite comigo! Melhor se fosse mudo, ou melhor, que você e o senhor Félix também fossem, assim não bolariam planos para se intrometerem na minha vida — gritei.

— A gente só quer que você seja feliz — Cristal revidou.

— Então parem de querer, pois desse jeito nunca serei feliz. Não conseguem entender que eu não quero outra pessoa... Vocês não podem me devolver Luiz. Vocês não estão fazendo nada direito, por que insistem? — continuei.

Cristal parou de repente, abalada pelas minhas palavras. Eles só queriam ajudar, a culpa não era deles, era minha. "Você é culpada pela sua tristeza", pensei.

— Cristal, eu...

— Não, está tudo bem — disse, se retirando.

Fiquei em meu quarto, meu esconderijo preferido, o lugar aonde ia quando estava triste. Meu sossego não durou muito, Cristal bateu na porta.

— Isabel, Charles está aqui! — avisou com voz ainda triste.

Saí correndo, peguei os livros que já havia lido e esqueci dos problemas ao ver meu querido Charles.

— Charles, que bom que está aqui. Aqui estão os livros, me trouxe mais alguma coisa? — perguntei esperançosa.

— Senhorita Isabel, me escute! — falou sério. — Tenho pouco tempo, logo ele estará aqui.

— Ele quem? — perguntei receosa.

— Seu pai... Um pretendente vem visitá-la. Ninguém sabe que estou aqui, mas eu tinha que avisá-la sobre a visita que receberá.

Desabei no sofá. Um pretendente... Mas o que se passava pela cabeça do meu pai? O que eu iria fazer?

— Como ele manda alguém à casa de uma moça sem avisá-la ou... — comentou Cristal séria.

— Ele acha que se eu souber antes, não vou recebê-los... E é exatamente o que eu vou fazer, vou sair e quando ele chegar...

Tarde demais, alguém batia na porta. Uma batida breve, mas firme. Cristal foi até a porta e olhou através do olho mágico: um desconhecido. Não sabia o que fazer, já estava com problemas com "aquele homem" e agora este outro. A cabeça girava, olhava para os rostos ao redor procurando ajuda, mas tudo o que consegui foram expressões tão confusas quanto as minhas. Não pude aguentar a pressão aquela situação e gritei.

O desconhecido voltou a bater, agora com mais força.

— Vamos atendê-lo — disse Charles.

Buscou gentilmente um copo com água para mim, enquanto Cristal foi abrir a porta.

— Posso ajudá-lo? — perguntou pela fresta da porta.

— Sim, estou aqui para ver Isabel... Eu ouvi um grito, está tudo bem?

— Claro, sinto muito, mas ela já tem visita.

— Quem? — perguntou desconfiado.

— Charles, o chofer — falou brava, com certeza achando que aquilo não era da conta dele.

— Mesmo? O pai dela não me disse que ele estaria aqui.

— Charles nos visita periodicamente.

— Sim, mas...

— Entre! — gritei. Aquela situação era ridícula. Com certeza ele não iria desistir e aquela conversa estava piorando meu estado de sanidade. Era mais fácil ele entrar e depois eu convencê-lo de que tudo não passava de um erro, a ficar ouvindo os dois conversando através de uma fresta. Ao ouvir o convite, ele empurrou a porta e entrou, antes mesmo de Cristal dar-lhe passagem.

— Você está bem? Ouvi um grito.

Ao dizer isso já havia atravessado a sala, se ajoelhou e segurou minha mão. Com esforço contive a expressão de repulsa.

— É que ela viu... um... rato! — respondeu Charles, salvando-me daquela situação constrangedora.

— Rato? — perguntou enojado, olhando em volta.

— Impossível, não existem ratos aqui — bradou Cristal.

O homem já ia falar de novo.

— Deve ter sido apenas um brinquedo de Catherine, eu que me assusto fácil.

— Mas que...? — falou Catherine, interrompida pela mãe.

— Não teria um lugar para podermos conversar a sós?

O que estava acontecendo? Queria me livrar do homem o mais rápido possível, a primeira impressão que tivera sobre ele era horrível. Não o conhecia e não queria conhecê-lo. Se não fosse por Charles nem saberia que ou pai o havia mandado... E o tal homem já queria falar em particular?!

— Vamos para o escritório.

Levantei, nervosa, e com o homem em meu encalço fomos até o cômodo.

— Entre.

Ele entrou e dei uma última olhada de desespero para Charles e Cristal, pedindo socorro, antes de fechar a porta. Ele já estava sentado quando me virei. Dei a volta na mesa e me sentei do outro lado.

— No que posso ajudá-lo, senhor...?

— Daniel, mas não precisa me chamar de senhor, não estou aqui a negócios, bem... mais ou menos.

Estava sorrindo alegre enquanto eu enlouquecia por dentro. Ele era alto, forte, olhos comuns, expressões comuns, o cabelo preto bem penteado, sem nenhum fio fora do lugar, o traje era social.

— Você pode não gostar disso, mas é melhor eu dizer, seu pai me mandou aqui.

Realmente não gostava nada disso.

— Quer dizer, ele não me mandou aqui, eu o procurei e disse que queria vê-la, ele só me disse onde encontrá-la — disse sorrindo.

Senti de leve o pé dele acariciando minha perna, logo a recolhi, a tal ponto de bater com o joelho na mesa. Estava rígida, com as pernas fora de seu alcance. Ele percebeu minha reação.

— Sinto muito, foi sem querer!

— Tudo bem, não foi nada.

Não estava tudo bem. Mesmo depois das desculpas, permaneci rígida. Daniel me olhava e não falava nada, aquela situação estava insuportável e comecei a pensar que ele e Melissa deviam competir como pior companhia.

— Então, por que queria me ver?

— Ah, claro, estava me esquecendo. Eu queria conhecê-la melhor, seu irmão me disse coisas maravilhosas sobre você.

— Já nos conhecemos?

— Acho que não, ou talvez só de vista.

Meu pai poderia ter escolhido, pelo menos, alguém que soubesse falar com as pessoas do sexo oposto. Sua conversa era muito ruim. Mais uma vez ele estava quieto, me observando. Resolvi que o queria fora da minha casa. Levantei e fui até a porta.

— Lamento, mas não estou com tempo para conhecer ninguém no momento. Por favor, vou ter que pedir que saia, pois como você já deve ter visto, tenho visitas.

— Está me mandando embora?

— Não é bem isso, mas sim, gostaria que você saísse.

— Mas...

— Por favor!

— Está bem, mas fique com o telefone de onde estou hospedado, vou ficar aqui por um tempo, se mudar de ideia...

A manhã estava linda, Daniel não voltou a procurar-me, o detetive estava encontrando algumas pistas, estava tudo em ordem. Molhava minha plantinha preferida, o hibisco, e me peguei cantando uma música dele, minha música. Parei quando ouvi um riso abafado atrás da porta — era Cristal. Toda noite me pegava pensando em Vítor e não conseguia parar. Ele continuava frequentando o café do senhor Félix, me olhando, e eu retribuía.

O que estava acontecendo? Isso deveria parar antes que um desastre acontecesse.

Ainda buscando uma solução, encontrei o telefone de Daniel, que deveria ter jogado fora. Um plano foi se desenhando em minha cabeça. Talvez desse certo!

Disquei o número antes que me arrependesse e uma voz irritada atendeu.

— Oi, aqui é Isabel, eu gostaria de falar com...

— Oi, como vai? Sou eu, Daniel, estava esperando que você ligasse — interrompeu-me.

— Estou bem, é que... eu... gostaria de ...

— De sair comigo? Acho uma ótima ideia... Essa noite?

— Essa noite?

— Sim, passo por aí mais tarde...

— Encontre-me no café, em frente...

— Estarei esperando ansioso — interrompeu e desligou.

Estava feito, agora teria outro problema, encontrar a roupa certa.

Tinha que ser algo chamativo, o que seria difícil, pois tinha apenas um vestido — presente de minha avó. O vestido parecia uma rede para pescar homens. Nunca havia usado e estava surpresa ao ver que o tinha guardado por tanto tempo sem uso.

16. O plano falhado

Ninguém sabia de nada. Cristal e Catherine foram para o café e aproveitei para me arrumar. Tomei banho, me maquiei, deixei meus longos cabelos soltos e coloquei o vestido escarlate que revelava mais do que gostaria de mostrar.

Desci as escadas e encontrei minha vizinha olhando para o nada, fumando. Ao me aproximar, ela analisou-me dos pés à cabeça.

— Belo vestido — disse voltando a olhar o vazio.

Não conseguia entender algumas pessoas. Quando sou quieta e discreta, ela mal fala comigo; e agora, que eu estava provocante, me elogiava.

Entrei no café, meus olhos logo procurando os dele, quando tive certeza que olhava para mim o ignorei e fui falar com senhor Félix e Cristal, que me olharam espantados.

— O que é isso? — perguntou Cristal.

— Vou encontrar uma pessoa...

Ela sorriu esperançosa.

— Daniel.

Seu sorriso se desfez, ela me puxou até um canto do café, estava muito séria.

— O que deu em você? Daniel é um idiota e eu reparei como você fica olhando para o Vítor... Espera aí... você está fazendo isso para deixá-lo com ciúme? Mas ele gosta de você, não precisa provocá-lo.

— A intenção não é provocar ciúme, mas para ele me esquecer e ir embora daqui.

— Mas...

— Com licença, estou atrasada.

Vítor estava falando com o senhor Félix, quando me viu seu olhar se iluminou, andei até a porta e ele me seguiu. "Você consegue", pensei.

— Você está linda...

— Desculpe, minha companhia chegou.

Entrei no carro de Daniel, que beijou minha mão e começou a dirigir. Podia sentir o olhar surpreso e decepcionado de Vítor. Seria apenas um jantar, podia suportar Daniel. Vítor iria embora e depois Daniel, que não me aguentaria por muito tempo. Tinha que dar certo.

Chegamos ao restaurante e fomos até a mesa reservada. Percebi muitos olhares dirigidos a mim. A mesa, pequena, forçava o encontro de nossas pernas. Encolhi-me rígida na cadeira.

Fizemos os pedidos. Daniel falava apenas sobre ele mesmo, falava de seu berço, das propriedades que possuía, em como eu era sortuda em poder conhecê-lo, o quanto sua beleza atraía as muitas pretendentes. À medida que ele bebia, a conversa torna-se pior.

— Quando a vi, vestida assim, não a reconheci. Você está linda. Poderia se vestir assim todos os dias, assim não seria um sacrifício tão grande ficar com você.

— Sacrifício?

Ele estava bêbado, mas apenas assim falaria a verdade que nunca poderia ser revelada.

— Minha família está com problemas financeiros, não tive outra alternativa — falava para si mesmo —, tive que aceitar o dinheiro que seu pai me ofereceu para me casar com você.

Meu pai oferecera dinheiro a um estranho para casar comigo? Algo dentro de mim gritou, mas sabia que Daniel tinha mais a falar.

— A gente já se conhece, você não deve se lembrar... Você sempre foi muito bonita, mas quando abria a boca... não valia a pena... Mas se... se vestir assim todos os dias e ficar quietinha eu caso com você... e lhe faria um favor, não é?

Não estava suportando as palavras dele, eram tão cruéis que não contive as lágrimas.

— Acho que seu pai deveria me pagar mais. Não é todo mundo que aceita se casar com uma garota de programa que namora um escritor em uma biblioteca.

Aquela acusação foi a gota d'água. Levantei desajeitadamente e esbofeteei aquele rosto impiedoso. Podia não se lembrar da conversa no dia seguinte, mas iria sentir aquilo por um bom tempo.

Saí do restaurante chamando mais atenção do que quando tinha entrado. Cambaleei pelas calçadas, ansiosa por chegar em casa. As lágrimas teimavam em escorrer pelo meu rosto.

As palavras de Daniel martelavam dentro da minha cabeça, sentimentos estranhos lutavam dentro de mim.

Faltava um quarteirão para chegar em casa quando passei em frente ao bar dos infelizes, como havia nomeado. Ouvi assobios e cantadas grosseiras. Apertei o passo ao perceber que saíam do bar, apoiando uns nos outros. Sempre faziam isso, mas no estado em que sempre estavam nunca conseguiam andar. Queria chegar logo em casa, já estava cheia de bêbados por aquele dia.

Gritei tão logo senti alguém me puxar pelo braço e me prender contra a parede. Um dos bêbados havia me alcançado. Cheirava a cerveja barata, a barba estava mal feita e o cabelo parecia não ser lavado há um mês. Segurava-me com força enquanto os outros bêbados se aproximavam, incentivando-o. Meus braços doíam e as lágrimas eram mais abundantes, eu estava nas mãos de um bando de bêbados e não sabia o que fazer.

— Oi, boneca! Não deveria se vestir assim se não quiser arranjar encrenca.

Maldito! Se eu saísse daquela situação, a primeira coisa que iria fazer era me livrar do maldito vestido. Não pela peça em si, mas pelas recordações que despertariam daquele dia em diante. Não podia ficar parada, inalando aquele fedor para sempre, gritei por socorro.

— Não, não... menina má.

Ele apertou a sua mão sobre a minha boca enquanto me beijava tão desesperadamente que babava por todo o meu rosto. A pressão de seus lábios machucavam a pele sensível de meu rosto. Comecei a sentir sua mão fria queimando em minha pele quente, escorregando por baixo do vestido. Era o meu fim.

Com os olhos fechados pude sentir a mão que segurava meu braço afrouxando rapidamente. Com as pernas bambas, sem sustentar meu próprio peso, cedi e caí no chão.

Com os olhos entreabertos pude ver um violão quebrado no chão e ao lado dele o brutamonte que havia me atacado caído no chão. Vítor estava brigando com os outros bêbados que tentavam defender o amigo atingido. Um sentimento de ternura brotou em meu peito, mas estava muito cansada, teríamos mais tempo depois para agradecimentos e desculpas.

Estava perturbada, sem entender bem a sucessão de acontecimentos ruins daquela noite. De repente me senti tão só e desamparada que chorei como uma criança. Senti Vítor levantando-me delicadamente do chão. Não conseguia falar, então deixei que me carregasse sem questionar, só esperava que o destino fosse meu apartamento, como contaria tudo aquilo para Cristal?

Encostei a cabeça em seu ombro e relaxei. Sentia-me bem, ali em seus braços. Fechei os olhos e comecei a sentir um gostoso perfume. Começamos a diminuir o ritmo, de repente estava sentada em um dos bancos da praça, com ele ajoelhado aos meus pés, observando cada detalhe do meu rosto.

— Você está bem? — perguntou preocupado. — Machucaram você?

Encostou a mão no meu rosto procurando alguma marca do ataque. Ao seu toque estremeci e percebendo minha reação ele se afastou.

— Você está machucada?

Assenti que sim.

— Você pode me mostrar para eu possa ajudá-la?

Fiz que não com a cabeça. A maior ferida era no coração e ninguém poderia cuidar dela.

— Você deve estar com frio.

Com naturalidade, ele tirou a camisa revelando uma tatuagem estranha que ia do ombro direito às costas. Mesmo cansada, não pude ignorá-la. Ele era perfeito, cada contorno de seu corpo parecia gritar por ela. Sob a luz da lua, sua pele ficou perolada.

Realmente estava com frio, ele me cobriu com sua camisa e percebeu que eu havia reparado na tatuagem.

— É chinês, significa esperança.

— Por que tatuou esperança no seu ombro? — perguntei não conseguindo conter a curiosidade.

— Foi o ombro em que esbarrei em você, é para me lembrar o quanto é difícil conquistar um coração, mas que devemos ter esperança. Deveria ter ficado bravo quando Cristal me contou o seu plano, mas não consegui — disse, sentando ao meu lado no banco.

Cristal havia contado o plano para Vítor? Estava envergonhada. Corei e tinha vontade de ir embora correndo, de novo, como da última vez, se a companhia dele não me prendesse ali.

Percebendo meu constrangimento, começou a cantar, improvisando palavras em uma melodia embalada pelos sons do vento entre as folhas e das cigarras. Vítor me tirou para dançar.

Ele me guiava. Comecei a me sentir leve, feliz como não me sentia há muito tempo. Deslizávamos sob a luz das estrelas, sorrindo e olhando nos olhos um do outro. Até que ele parou de cantar, no ar apenas o som do vento e das cigarras. Não havia escapatória, mas eu queria aquilo. Ele segurou meu rosto levemente e à medida que se aproximava sentia seu perfume mais forte. Fechei os olhos. Razão e emoção se enfrentando dentro de mim enquanto ele se aproximava cada vez mais. O que temia? Era apenas um beijo, uma demonstração de carinho e afeto entre pessoas jovens e saudáveis.

Estava mais perto, não podia me mover, aquela sensação tomou conta de mim, passei meus braços pelo seu pescoço e o beijei ardentemente. Ele retribui e eu não sentia mais nada além de êxtase. Ele escorregou os lábios gentilmente até meu pescoço, estava com um sentimento familiar e ao mesmo tempo novo em meu coração.

— Luiz! — sussurrei.

Abri os olhos imediatamente, percebendo o erro que acabara de cometer. Estava me sentindo horrivelmente culpada, por Luiz e por Vítor.

Tristemente ele me afastou de seu corpo e me olhou com tamanha angústia que me partiu o coração.

— Acho que talvez seja melhor eu desistir mesmo — sussurrou e foi embora.

Eu podia pará-lo e pedir desculpas, arranjar mil maneiras de me explicar, mas não o fiz. Dentro de mim, algo muito forte estava crescendo: um sentimento de culpa e traição.

17. O que realmente aconteceu

Acordei tarde, tomei banho, troquei de roupa, comi e ainda não estava completamente restabelecida de tantos acontecimentos. Meus pensamentos voltavam à noite anterior. Dúvidas brotavam em minha mente, mas as respostas não vinham, então agarrei a vida que sentia em minha casa, já que a minha parecia definhar. Abraçada a minha plantinha, tentava espantar os fantasmas que me assombravam. Eu o traí. Jurei amor eterno e não cumpri, e Vítor, o pobrezinho, não merecia tamanha desilusão. Eu havia feito tudo errado. Percebia o destino sair do meu controle.

Sentia-me uma morta-viva. Via em meus pensamentos Luiz e Vítor, lado a lado, e eu sem saber o que fazer. Estava tudo claro, me apaixonara por Vítor, mas como conviver com dois amores?

— Toda semana você renova suas flores com a Jolie, mas só dá atenção para esse hibisco... as outras vão ficar com ciúme — falou Cristal, tirando dos meus braços o vaso. — Como foi ontem? — perguntou com um sorriso cínico.

Ela contara o plano a Vítor! Contribuíra para que me apaixonasse por ele. Várias coisas passaram pela cabeça para serem ditas, mas desisti, não iria fazer nada, afinal, a culpa era minha, apenas minha.

— Foi ótima! Apesar de você ter contado a Vítor o plano. A noite com Daniel foi muito agradável, soube que meu pai pagou a ele para se casar comigo, soube que para ele sou uma garota de programa e, para finalizar, ainda fui atacada por um bando de bêbados!

— O quê? Conte-me o que houve... Não sei quem é pior, Daniel ou seu...

Cristal parou ao se assustar com batidas fortes na porta. Começamos a ouvir vozes nervosas, Cristal reconheceu a de Charles e eu a do meu pai.

— Senhor não faça isso, está muito nervoso, a menina não tem culpa...

— Saia da minha frente Charles ou perderei toda a amizade que tenho por você.

A porta, que estava apenas encostada, foi aberta. Meu pai parecia muito irritado. De relance, vi Charles pedindo desculpas com o olhar. Algo me dizia que aquela visita não seria nada agradável.

— Pai, o que está fazendo aqui? Não estou me sentindo bem hoje, poderia voltar outro dia?

Era verdade, tantas sensações estavam me matando e a qualquer momento poderia explodir em lágrimas.

— Não. Tenho que falar com você, agora, a sós.

— Cristal, vá buscar Catherine enquanto eu converso com meu pai.

Ela assentiu, não sem antes encarar meu pai de um jeito ameaçador. Charles a acompanhou, nos deixando a sós.

— O que você fez?

— Como assim? Não estou entendendo — falei.

— Daniel apareceu em nossa casa ontem à noite e disse que nunca mais quer vê-la...

— Ele me faz um favor.

— Disse que você o agrediu... O que deu em você?

— Em mim? Você pagou a ele para se aproximar de mim!... O que deu em você?

— Ele contou?

— Ele me insultou, ficou se gabando enquanto tentava me reduzir a nada com palavras.

— O que ele disse?

— Não quero falar sobre isso.

— Eu devia ter escolhido melhor — falou para si mesmo. — Não pegar qualquer desesperado.

— Como assim? — perguntei incrédula. — Pegou qualquer um que aceitasse dinheiro para se casar com a sua própria filha?

— Não é bem assim! Ele é de boa família, só estão passando por uma fase ruim — tentou explicar.

— Boa família? De que me importa a família dele, você nem quis saber coisas óbvias como caráter, educação ou o mais importante, se ele realmente gosta de mim.

— Minha filha eu procurei bastante, mas ninguém queria ficar com você.

— E o que te faz pensar que quero alguém?

— Só quero que seja feliz.

— Não, não é isso que você quer.

Ele me olhava assustado. O que ele queria era uma boa imagem para a família, lucrar com a união do casamento, meus sentimentos não significavam nada. Meu pai sentou, fazendo-se de vítima, fingindo estar ofendido com minhas palavras. Essa cidade havia me amadurecido e nenhum dos dois sairia dali até que tudo fosse dito.

— Você fez tudo errado — falou ele. — Não deveria ter saído de casa, aliás, não deveria ter namorado aquele escritorzinho — falava como se estivesse sozinho. — A culpa é sua, se tivesse me escutado, ele não estaria morto.

Ele arregalou os olhos, certamente a última parte não era para eu ter ouvido. Estava em choque, qual a ligação entre o preconceito do pai com a morte de Luiz? De repente, as peças se encaixaram.

— Você o matou! — sussurrei.

— Não — disse cabisbaixo —, eu só queria assustá-lo... Pensei que assim ele a deixaria em paz.

— Você o matou!

Minha cabeça girava, minhas mãos tremiam. Ele o havia matado. Minha vida havia sido arrancada pelo meu próprio pai.

Não estava triste, estava com raiva por ter protegido aquele homem, por ter acreditado que ele era apenas ganancioso, mas me enganei profundamente. Fui ingênua e entreguei o homem que amava a meu pai, que o matou. Levantei para ficar o mais longe possível do homem que dizia ser meu pai, porém demonstrava ser frio — um verdadeiro monstro. Sentia vontade de gritar, estava tremendo... de medo, de ódio.

Todos esses anos eu vivi com alguém que foi capaz de matar. Quem sabe o que mais ele já não havia feito... Meu coração ardia. Não conseguia me controlar. Não entendia o que se passava em minha mente, só entendia que eu o queria bem longe de mim.

— Filha, não era para ser como aconteceu, foi um acidente — falou aproximando-se de mim. — Desespero de um pai querendo proteger a filha. E, agora, que sabe a verdade, volte para casa.

— Fique longe de mim e não me chame de filha, porque você não é pai, é um monstro!

— Isabel, pare com isso. Você está bem? Está tremendo...

— Você não sabe o que eu estou sentindo, porque não tem sentimentos.

Estava tonta, mas à medida que ele se aproximava, me distanciava cambaleando até cair ao chão.

— Você está louca!

— Eu não estou louca! — gritei.

— É essa cidade que está fazendo mal para você. Só acontece desgraça na vida dessas pessoas. Eu andei investigando. O dono do café em frente é viúvo e teve o filho raptado pela própria sogra; sua assistente foi abandonada grávida, sabia disso?

— Sabia... — disse, tentando voltar ao normal.

— A mulher que trabalha na floricultura foi abandonada pelo marido e pelo filho que preferiu morar com o pai e a madrasta. O bar mais próximo vive cheio de homens que se embebedam porque foram deixados pelas mulheres. Sua vizinha é traída todos os dias e sabe disso. A única bibliotecária foi viúva cinco vezes. Essa cidade de desgraçados não é lugar para você, minha filha, volte comigo.

— Você me tornou mais uma dessas desgraçadas — falei baixo. — Vá embora.

— Venha comigo, Isabel, sou seu pai e estou mandando...

— Saia da minha casa.

— Eu comprei e pago suas contas, não vou a lugar algum...

— Saia! — gritei.

Nesse momento a porta se abriu. Cristal, Charles e Catherine observavam a cena. O primeiro que tomou iniciativa foi Charles, que pegou meu pai pelos ombros e o guiou até o carro e foram embora.

Cristal veio até mim, se ajoelhou ao meu lado e acariciou minha cabeça.

— O que houve? — perguntou.

— Ele o matou... — sentia o mundo girar a minha volta.

— Quem? — perguntou assustada.

— Luiz!

18. Mudando para melhor

Todos os meus dias eram iguais, mas eu não reclamava. Mais uma vez estava caminhando até meu refúgio, como sempre, sem ser notada. A biblioteca não ficava longe de casa, ficava no centro da cidade, um lugar bem movimentado, mas eram poucas as pessoas que entravam ali. Subi os degraus, animada. Devolvi um livro e fui procurar uma nova aventura.

De estante a estante fui olhando os títulos e descartando os já lidos, até que percebi o homem que, certamente, não era da cidade. Era alto, magro, com os cabelos pretos e bagunçados, não vi mais que isso, pois estava de costas, mas foi o suficiente para atrair minha atenção.

Em todos os livros que já lera, mesmo nos romances, ainda não descobrira o que era o amor ou como lidar com ele. As pessoas, em sua maioria, não acreditam em amor à primeira vista até que acontecesse com elas. Não tinha coragem para falar com ele. Ficava observando Luiz o dia inteiro, escondida. Fui embora, esperando encontrá-lo no dia seguinte.

Acordei para o meu último dia de aula, não conseguia prestar atenção em nada, o que não era comum. Só pensava naquele estranho homem da biblioteca. Engoli o almoço e corri para a biblioteca, meu coração, aos pulos, batia no ritmo de minhas passadas, que iam acelerando e acelerando até que parei bruscamente. E se ele não estivesse lá? E se estivesse... o que poderia querer comigo?

Subi a escadaria agora desanimada. Ao entrar, meus olhos buscaram por ele, mas ele não estava ali. Então, resolvi voltar à minha rotina. Procurei por livros, tentando fingir que nada tinha acontecido. Tirei um livro da prateleira, o que deixou uma fenda pela qual conseguia enxergar o corredor ao lado e logo reconheci aquelas costas largas e ouvi a voz aveludada que certamente pertencia a ele.

Deixei o livro cair e abaixei-me apressada quando ele se virou para ver a origem do barulho. Envergonhada, corei. Sem coragem de falar com ele de novo, fiquei espiando, tentando ver seu rosto, que para mim ainda era um mistério.

Estava sentindo aquela mesma sensação que no dia anterior, tinha alguém me observando, mas não sabia quem nem o porquê.

Finalmente as coisas estavam se encaixando, meus livros estavam vendendo e faria uma pesquisa para um novo projeto, podendo sair do país por até um ano. A vida iria melhorar, meu sonho estava virando realidade e nada poderia me atrapalhar. A lembrança da minha infância se tornava menos triste à medida que as portas se abriam.

Alguém estava me seguindo e era alguém inexperiente, agora tinha certeza. Pelos cabelos que esvoaçaram, na tentativa de se esconder, era uma mulher. Estava aliviado, deveria ser mais uma daquelas meninas que fingem ser mulheres procurando homens mais velhos.

O modo de ele andar me atraía. O jeito como passava a mão pelos cabelos para tirá-los da testa me fascinava. De frente deveria ser bem mais bonito, mas eu não conseguia vê-lo. Sabia que era imaturo e errado perseguir alguém daquele jeito, mas não conseguia evitar. Eu nunca havia agido dessa forma, era como se pela primeira vez eu estivesse sendo eu mesma.

Perdida nas imagens de como ele seria, não reparei que estava muito próxima dele e sem ter onde me esconder. Ele se virou graciosamente, mas havia irritação no seu gesto.

— Posso ajudar? — indagou sério

Estava bravo, mas no momento em que abri os olhos me deparei com um par de olhos azuis cobertos por uma grande quantidade de longos cílios e me arrependi pela grosseria. Tinha razão, era uma menina, devia ter dezesseis ou dezessete anos, mas não parecia imatura, tirando o fato de ter me seguido.

Fiquei sem fala, os olhos eram azuis e pareciam duas estrelas, os lábios eram delicados, rosados, e me deram vontade de beijá-los, mas isto seria errado, deveria me colocar em meu lugar; as bochechas estavam bem coradas, seu nariz era delicado como todas as linhas de seu rosto, seus cabelos eram lisos e formavam uma ondulação com cachos nas pontas, de uma coloração castanho avermelhado; sua pele era ligeiramente morena, do tipo que após pouco tempo no sol conseguia se bronzear e não ficava vermelha.

Não sabia o que fazer, mas não queria ficar ali naquela situação.

— Desculpe! — gaguejei.

E fui embora.

Eu a vi ir embora me sentindo muito mal.

Como fui burra.

Eu fui muito burro.

Não voltei à biblioteca por dois dias, com medo de encontrá-lo. Passei muita vergonha e não queria que a situação se repetisse. Mas tive que voltar, estava precisando de um livro e minha mãe estava começando a desconfiar.

Esperei por ela por dois dias, mas agora ela estava ali, na porta da biblioteca, procurando alguma coisa e quando me viu foi para o lado oposto.

Estava me sentindo um menino imaturo agora espiando-a, mas ela era tão linda e pelo o que eu soube pela bibliotecária era inteligente também, frequentava a biblioteca todos os dias. Queria conversar com ela, conhecê-la, mas fui muito grosseiro com aquela menina.

Parecia que estava com mais medo agora que tinha visto o rosto dele do que antes. Seu rosto não saía de minha mente. Já tinha conhecido homens mais bonitos, mas nenhum como ele, nunca ninguém me olhou daquela maneira.

Não sabia nada sobre ele, mas parecia que o conhecia há anos. Não sabia sua idade, mas não importava. Não sabia nada sobre sua família, mas sabia o suficiente para admirá-lo. Não sabia o que ele fazia, mas me fazia tremer, derreter e gaguejar. Não sabia seu nome, mas sabia que podia chamá-lo de meu amor.

19. O amor no ar

— Oi! — disse sem jeito.

— Oi! — disse ela, olhando para os pés.

Nós dois estávamos visivelmente encabulados. Não tive coragem de falar com ela, mas acabamos nos esbarrando sem querer.

— Meu nome é Isabel — sussurrou ela.

— O meu é Luiz.

Ela esboçou um leve sorriso e como ficava linda tímida.

Eu ia ficar para sempre sozinha. Ele nunca se interessaria por mim, ninguém nunca se interessava. Desisti e fui procurar novamente o livro que estava lendo, com um suspiro, vi o novo homem se transformando em mais um dos outros.

Senti uma pressão sobre meu pulso e logo estava cara a cara com Luiz. Assustada, tentei entender o que estava acontecendo, mas não consegui.

Uma mão soltou meu pulso e estava descansando em minha cintura, enquanto a outra segurava meu rosto levemente. O beijo foi longo, possessivo, quente. Não caí porque Luiz me pressionava contra o seu corpo. Minhas mãos estavam livres, eu poderia me defender daquela investida ousada, mas não conseguia me mover. Por mais que não fosse daquele jeito que havia imaginado, estava gostando.

"O que estou fazendo?", pensei. Eu não tinha controle, algo não me deixava largá-la. Eu sabia que tinha que fazer alguma coisa, mas não isso, devia tê-la assustado. O fato de ela não ter me batido era um bom sinal.

Naquele momento descobri o que era o amor pela primeira vez e isso não era normal para um poeta. Nunca gostaria tanto de outra mulher, nenhuma outra me faria feliz.

— Hum, hum!

Em um minuto de autocontrole soltei Isabel. Seu nome soava como sinos e para minha surpresa ela começou a tombar, por sorte consegui segurá-la a tempo, mas nossos olhos se encontraram e ficamos paralisados.

Eu não sabia o que fazer. Aqueles olhos... neles eu via a cena que tinha acabo de acontecer. Quando ele me soltou, meus joelhos, já bambos, não aguentaram e eu caí, mas ele estava lá, bem na hora, e eu não conseguia sequer agradecer.

— Hum, hum, vejo que estão ocupados, mas prefiro que se ocupem em outro lugar — falou a bibliotecária.

— Desculpe, o que você disse? — perguntou ele sem parar de me olhar.

— Desculpe... — falei apressada, finalmente entendendo o que estava acontecendo. — Desculpe, mil desculpas...

Endireitei-me e deslizei de seus braços, me sentindo fria de repente. Envergonhada, peguei o livro que ele havia derrubado.

— Seu livro.

— Obrigado, Isabel. Eu... desculpe... — certamente estava confuso com toda aquela situação.

Virei e andei bem devagar, querendo que agora ele me forçasse a ficar, mas não fez nada.

Eu podia segurá-la de novo, mas ela estava indo embora e se fosse sã, com medo de mim. Estava parecendo um menino novamente, cometendo os mesmos erros de quando estava com quinze anos.

Aqueles olhos não saíam da minha cabeça e nem a sensação de seus lábios nos meus.

Ela estava me esperando na varanda da biblioteca, me sentei ao seu lado e pedi desculpas novamente, tentando explicar que eu não era daquele jeito e que era a primeira e última vez que aquilo ia acontecer.

Conversamos até a biblioteca fechar, ele me contou sobre sua vida e eu sobre a minha. Ele recitou alguns de seus poemas e eu meus pensamentos preferidos.

Tornamo-nos grandes amigos naquela tarde. Tínhamos muito em comum, mas nossa amizade não me deixava feliz, algo dentro de mim queria mais. Eu o amava de verdade.

Depois daquele beijo roubado, tive a sorte de ela querer conversar comigo. Ela era incrível, bonita, inteligente, engraçada... perfeita, resumia tudo, perfeita par mim, mas ela não me veria mais do que como amigo, porque eu não merecia, mas ia lutar.

No dia seguinte, ele me surpreendeu com um enorme buquê de rosas de todas as cores e uma caixa de bombons em forma de coração, o que não era fácil de encontrar.

— Eu te amo! — sussurrou no meu ouvido.

O hálito dele me fez tremer e comecei a ceder outra vez. Eu sabia o que queria, o que estava esperando?

Senti-a estremecer, talvez eu tenha ido rápido demais. A tristeza da não reciprocidade começou a bater. Ela se virou e olhou no fundo dos meus olhos, encostando sua testa na minha.

— Eu te amo mais — sussurrou.

— Duvido — foi tudo o que consegui dizer.

Peguei seu rosto delicadamente e puxei para mais perto, meus lábios encostaram-se aos dela e com muita suavidade a beijei.

Era assim que eu esperava que fosse. Não havia possessividade, nem pressa, ele foi gentil. Enquanto sentia seu gosto de hortelã, ele acariciava meu rosto. Meus braços subiram, passaram pelo seu peito e os dedos escorregaram até sua nuca, onde acariciaram seus cabelos. Puxei-o para mais perto e retribui o beijo.

Ele acariciou meu pescoço, minhas costas, até parar em minha cintura. Abraçou-me forte, me tirou do chão e me girou.

— Desculpe, isso está errado! Você tem apenas dezesseis anos, sou muito velho para você — disse, percebendo que tinha acabado de declarar amor a uma colegial, mas quem controla o coração?

Ela estava rindo.

— Não ligo para sua idade — falou levantando o rosto, que estava baixo de vergonha. — E, além do mais, não tenho dezesseis anos, tenho dezoito... e meio — completou.

— Dezoito e meio — falei pensando —, então acho que quatro anos não tem problema — disse beijando-a novamente.

Ficamos muito juntos, todos os dias ia para a biblioteca pela manhã e só voltava à noite. A cada dia que passava estava mais apaixonada. Eu me sentia leve e feliz, e Luiz fazia tudo para me agradar: me consolava, se declarava, me alegrava, me beijava, me fazia feliz.

— O que está acontecendo com você? — perguntou minha mãe.

— Nada — respondi, tentando disfarçar.

— Você não me engana, conheceu alguém esses dias?

— Mãe! Você sabe que ninguém quer me conhecer.

— Deixe de bobagens!

Sabia que ela não havia acreditado. Nunca tinha mentido para ela, mas tinha medo do que meu pai poderia fazer se descobrisse.

Com ela em meus pensamentos comecei a sentir uma dor, a dor da partida, não queria deixá-la. Como diria para ela. Eu não esperava me apaixonar, o que vou fazer?

— "Duvida da luz dos astros, de que o sol tenha calor, duvida até da verdade, mas confia em meu amor" — sussurrei para ela.

Um arrepio subiu pela minha espinha, seus lábios encostaram no meu pescoço, mas havia algo errado, ele estava tenso.

— O que houve?

— Isabel, eu tenho que sair do país por um ano.

— Sair do país?

20. O fim de tudo

Ele foi embora. Disse que ficaria comigo, mas não podia deixá-lo jogar fora a oportunidade, contanto que voltasse. Fez-me um pedido que foi difícil recusar, viajar com ele, claro que não ia dar certo, então fiquei esperando por Luiz, todos os dias, pensando no seu retorno. Ficava feliz por ele e triste por mim.

Passou meu aniversário e ele me mandou um livro, que tive que pegar direto na agência dos Correios para evitar problemas.

— Fale logo o que está acontecendo! Você está estranha, em um dia está saltitando de alegria e agora está assim — falou minha mãe me pegando de surpresa.

— Nada... é só... nada.

— Seu olhar não me engana, está amando.

— É.

Ela sorriu, riu, quase gargalhou, estava muito feliz.

— Quem é?

— Um escritor.

— Seu pai não vai gostar — falou triste.

— Eu sei, não vai contar para ele, vai?

— Não vou contar, mas onde está esse seu príncipe?

— Trabalhando, fora do país.

— Está explicada tanta tristeza, ele volta?

Balancei a cabeça afirmativamente.

— Então vai ficar tudo bem.

Ela me abraçou e me confortou até eu dormir.

Cada minuto longe dela era um tormento, não conseguia fazer nada sem ela perto de mim. A única coisa que me consolavam eram as estrelas que me deixavam mais perto do seu olhar. Não conseguia trabalhar, não fazia sentido estar ali.

Estava sentada na varanda da biblioteca pensando nele e nos momentos em que ficamos juntos, seis meses, pouco tempo se comparado aos outros seis meses demorados que sua ausência me causou.

Como uma miragem, eu o vi subindo as escadas graciosamente. Era ele, estava bem ali na minha frente. Levantei em um salto e corri para seus braços, parando subidamente a um metro dele, envergonhada. Devo estar parecendo uma menininha.

No seu rosto pude perceber que ela me queria ali, mas nada em meu rosto poderia expressar o quanto eu queria estar com ela. Como ficava linda tímida. Envolvi-a com meus braços e a tirei do chão, sentindo o cheiro do seu perfume de pêssego e o gosto da sua boca.

— Você voltou mais cedo, por...?

— Shiiiii!

Ele me interrompeu e deu vários beijinhos na minha boca, no meu rosto e no meu pescoço.

Não nos soltamos nem por um segundo. Ele se desculpou mil vezes, contando, e eu estava coberta de rosas, suas palavras gentis não paravam de me acariciar, como poderia ficar brava com ele?

Nunca mais iria deixá-la. Nada valia a pena sem ela, agora ela era o meu ser por completo. Isabel descansando em meus braços. Iria protegê-la pra sempre, tão frágil, tão delicada, tão minha.

A cada dia ela o surpreendia, se tornou sua musa inspiradora, fazia várias poesias para ela e sobre ela.

Não pude completar meu projeto, mas eu estava bem se estava com ela. Nunca tinha me sentido assim.

Não conseguia imaginar sua vida sem ele, mas se sentia culpada por tê-lo feito desistir de seu sonho, ele disse que nenhum sonho valia a pena se não estiver ao meu lado, mas, ainda assim, me sentia culpada.

— Quando você vai resolver me contar o que está acontecendo? — perguntou meu irmão.

— Por quê?

— Eu te conheço, você e a mamãe vivem conversando escondidas, talvez o papai saiba o que esteja acontecendo, vou perguntar para ele — disse se virando.

— O quê? Não, não fale com o papai, por favor! — implorei.

— Então, o que está aprontando?

— Eu... é... eu

— Eu... eu, fale logo, você gagueja quando está nervosa, deve ser importante.

— É... que eu... estou namorando — tossi ao dizer as últimas palavras.

— Namorando? — gritou.

— Shiu! — tapei a boca dele.

— Com quem? Por que não contou para o papai? Ele vai gostar de saber que você arranjou um partidão... e por que você não contou para mim?

— Partidão? — perguntei rindo — Não acho que papai o chamaria assim. Esse é o problema, papai só liga para imagem, dinheiro e reputação, ele nunca me deixaria namorar Luiz.

— Luiz? Não conheço nenhum Luiz, o que ele faz?

— Ele é escritor, um poeta...

— Não conheço ninguém que combine mais com você, um escritor e uma rata de biblioteca... ai! — falou, depois de receber meu tapa —, mas realmente papai não vai gostar nada quando descobrir...

— Ele não vai descobrir...

— Tarde demais... — falou uma voz grossa e autoritária.

Essa não, essa não, essa não, aquilo não podia estar acontecendo. Meu pai chegou mais cedo em casa e estava escutando atrás da porta.

Meu mundo desmoronou. O que eu ia fazer? O que eu ia falar para o meu pai ou para Luiz? Fiquei paralisada, olhando para o meu pai e para o meu irmão. Minha mãe apareceu e como eu estava desorientada, ninguém falava nada, tudo estava girando.

— Então, que história é essa de escritor? Eu quero saber e tem que ser agora!

— É... que... eu...

— Fale logo, o que está acontecendo aqui?

— É coisa de adolescente — interferiu minha mãe nervosa —, pode deixar que eu cuido disso.

— Você cuida disso? Nenhum filho meu vai namorar escritor nenhum, você dá um péssimo exemplo para os seus filhos. Fica passando a mão na cabeça dessa menina, olha o que aconteceu. Não vou deixar você fazer com ela o que fez com você mesma. Isabel, você nunca mais vai ver esse escritorzinho...

— Mas pai, eu o amo.

— Você está avisada, não me decepcione alongando essa conversa

— Não pai, eu o amo de verdade. Você não pode me controlar assim.

Estava em desvantagem, tinha que escolher minhas palavras com cuidado, minha mãe estava chorando e saiu para se esconder em algum canto e eu estava só com meu pai e meu irmão, defendendo meus sentimentos.

— Não me desafie, menina, ou vai sofrer as consequências.

Ele já tinha ido embora atrás da minha mãe, eles brigariam, eu sabia disso. As lágrimas escorriam pelo meu rosto, meu irmão tentou me consolar, mas eu não queria, o afastei. Saí de casa e corri em direção à biblioteca, talvez ele estivesse lá ainda, precisava estar com ele.

— Onde ela está? — perguntei a mim mesmo.

Ela não havia aparecido o dia inteiro, estava preocupado. Um vulto vinha correndo em minha direção, era ela.

— Senti sua falta! — disse, abraçando-a.

Isabel estava chorando, tremendo.

— Você é muito bonita para ficar chorando! O que houve?

— Meu... meu... pai descobriu.

— Como? Mas não tem problema, eu queria que ele ficasse sabendo para não termos mais que ficar nos escondendo. Nada pode nos separar, você vai ver...

— Ele me proibiu de te ver, tenho medo do que ele possa fazer. O meu avô levou minha mãe para longe do amado dela, não quero que isso aconteça conosco.

— Ele não pode fazer nada.

Eu a beijei na testa, me ajoelhei, mexi no bolso e segurei sua mão, estava na hora.

— Isabel, fuja comigo, ninguém vai te fazer mais feliz do que eu, eu te prometo.

— O que você quer dizer?

— Isabel, amor da minha vida, luz da minha escuridão, flor do meu deserto, estrela do meu universo, quer casar comigo?

Sim, veio em minha cabeça, minha boca estava aberta, mas as palavras não saíam. Eu ia embora dali, teria uma nova vida e seria, finalmente, feliz.

— Sim — sussurrei. — Quero me casar com você, quero passar o resto da minha vida ao seu lado, quero mais que tudo na vida.

Sim, ela disse sim, eu estava tão feliz, mas isso não significava nem um terço do quanto eu a faria feliz.

Felicidade era tudo que eu estava sentindo. Eu estava muito feliz.

Eu estava muito feliz.

Voltei para casa, o plano era pegar tudo que eu fosse precisar e voltar para a biblioteca, depois pegariam um trem que fosse para qualquer lugar longe dali.

O peso da aliança, pendurada no pescoço por uma corrente, era muito grande, mas não assustava, nada assustaria se estivesse com meu amado.

A casa estava em silêncio. Não havia muito a fazer: arrumar a mala e pegar algumas joias que pudessem ser vendidas.

— Para onde você vai?

Virei bruscamente, eram apenas meu irmão e minha mãe.

— Não sei — admiti.

— Bela aliança — notou minha mãe. — Estou tão feliz! Vai finalmente se libertar... Eu já não tenho como... — falou me abraçando

— O que quer dizer mãe?

— Nada, não se esqueça de nós, está bem?

— Nunca — falei abraçando meu irmãozinho, bem maior que eu.

— Papai saiu quando viu que não estava em casa, mas, se ele chegar, nós o enrolamos, vá, você merece ser feliz.

Fui até a porta pensando nas experiências boas que tivera naquela casa, tentando me esquecer das ruins. Saí para a rua escura sentindo as primeiras gotas de chuva me atingindo. Dei meu primeiro passo para a liberdade, mas a tempo de ouvir minha mãe.

— Nós te amamos!

— Eu também — sussurrei.

Não estava sendo certo tirá-la da família, mas nosso amor falava mais alto, ela estava disposta a ir embora, seríamos felizes juntos. Estava ansioso, nervoso e apaixonado.

Já conseguia vê-lo, meu futuro me esperava.

— Oi!

— Olá! — respondi.

Ele me ajudou com as malas enquanto descíamos os degraus.

Como ela é linda.

Como ele é gentil.

Perfeita.

Perfeito.

— O que está acontecendo?

— Quem é aquele homem?

Um carro parou derrapando e Luiz se pôs instintivamente à minha frente para me proteger.

Do carro saiu um homem com uma arma na mão, ninguém machucaria Isabel enquanto eu estivesse ali.

Não pudemos fazer nada, foi tudo muito rápido.

Com um barulho seco, fui parar no chão com uma dor queimando o peito.

O covarde entrou no carro e foi embora.

Estava doendo, tudo doía, não enxergava nada mais que aqueles olhos azuis.

Ele sangrava muito e eu não sabia o que fazer, eu o estava perdendo.

— Não, não! — gritava.

Ela tinha que saber, ela precisava saber o quanto eu a amava.

— Eu te amo — sussurrei.

— Shiiii! Você vai ficar bem, eu prometo, vamos ficar juntos para sempre, se lembre disso — falei.

Eu sabia que não íamos. Ela não podia ficar presa a mim, tentei pedir que fosse feliz, mas não consegui. As palavras não saíam, não entrava ar nos pulmões, não conseguia respirar. Sentia a morte entrando no lugar da minha vida.

Meu coração não ia aguentar, sua expressão de dor estava me matando.

— Socorro!

Tudo ficou escuro. Minha vida tinha arranjado um sentido, mas agora eu estou morrendo.

Ele fechou os olhos e a respiração diminuiu completamente.

— Amor, não!

Desesperada o beijei. Ele não acordava, não tinha mais pulsação.

Chorei muito, e no dia seguinte as fofocas começaram desde ele enfeitiçou Isabel até ela o matou. Mas ninguém sabia a verdade. Tentavam evitá-la, porque a verdade era que eu o amava de verdade.

21. A aliança

Não saí do meu quarto, não falava com ninguém, só pensava em tudo o que tinha acontecido, não podia haver coisa pior. Tinha pesadelos e as sombras me perseguiam deixando tudo pior. O amor da minha vida tinha morrido e meu próprio pai fora o mandante.

Quando estamos em estado de choque não raciocinamos direito. Eu não conseguia entender nada e, ao mesmo tempo, o pouco que sabia era insuportável para mim. Passava os dias deitada, olhando para o nada.

Cristal estava fazendo de tudo para que eu me sentisse melhor. Cada dia era um novo desafio: ora me alimentar, ora levantar da cama.

— Que tal sairmos para fazer alguma coisa hoje? — perguntou ela animada.

Sem resposta, o ânimo desapareceu. Sentou-se ao meu lado na cama e descansou o rosto nas mãos.

— Escute... — falou olhando nos meus olhos. — Eu nunca teria aceitado esse emprego se eu soubesse que teria que enfrentar isso, mas agora não posso mais voltar atrás, você é como uma irmã para mim — disse ao ver que eu desviava os olhos, envergonhada. — Eu sei que você está aí dentro, em algum lugar, deixe-me ajudá-la.

Com um suspiro, esbocei um sorriso amarelo. Sentia pena dela e raiva de mim mesma. Ela não merecia nada disso, eu era uma empregadora desprezível e uma amiga pior ainda, mas não tinha como controlar. O que a gente faz quando o peito parece que vai explodir de tanta dor?

— É um bom começo — falou vendo meu sorriso. — Que tal arrumarmos esse quarto? É um jeito de se ocupar.

Não disse nada, ela podia fazer o que quisesse que não me importava. Se ela se sentisse melhor assim, tudo bem. Cristal andou até o centro do quarto pensando por onde começar; foi em direção ao armário, abriu a porta e lá de dentro tirou uma caixa, que ainda não havia aberto desde que mudara.

— Não... — pedi ao vê-la retirando a tampa da caixa.

— Mas, o que é tudo isso? Isso é uma aliança?

Assenti. Ela segurava uma corrente com minha aliança. Estava naquela caixa junto com outras lembranças que ganhara de Luiz. Mas aqueles objetos não poderiam trazer de volta os momentos de amor e paixão com Luiz.

— Então quer dizer...

— Que ele tinha me pedido em casamento e eu aceitei.

— E por que você não usa?

— Traz muitas lembranças — limitei a dizer.

— Mas lembranças felizes...

— Aconteceu tudo no mesmo dia... Meu pai, o pedido e o incidente. Uma coisa lembra a outra.

— Mesmo assim, a aliança é um símbolo de união, se usar ele sempre estará com você.

— Lindo... — falei ironicamente. — Mas não sei se aguento.

Cada palavra que saía da minha boca demonstrava todo o sofrimento que sentia. Estava sem nenhuma emoção. Minha expressão não se alterava.

— Aguentar o quê?

Ela pôs a corrente em volta do meu pescoço.

— Acho que deveria fazer exercícios físicos, isso não é tão pesado, até Catherine aguenta.

As piadas dela não me faziam rir, doíam. Só eu entendia o peso que aquilo representava, minha vida se resumiu àquele aro de ouro com brilhantes pendurado em uma delicada corrente.

Uma lágrima escapou dos meus olhos e escorreu lentamente, queimando pela minha face, trazendo lembranças daquele dia.

Cristal me olhou desesperada. Seu plano não havia dado certo. Minha pobre amiga, sempre tentando me ajudar e recebendo em troca lágrimas e lamentos.

— Vamos, não pode ser tão ruim assim, você consegue, por favor! Lembre-se apenas das coisas boas.

Este era o problema, lembrar das coisas boas trazia saudade e dor. Eu não conseguia parar de sofrer, estava ciente dos meus atos, mas não conseguia controlá-los.

— Por favor!

Eu tentei. Lembrei-me do dia em que o conheci. Como havia sido tão bobinha, mas sabia que faria tudo de novo. A primeira vez que ele me beijou, a bibliotecária realmente não soube como agir, pobrezinha, sua expressão estava muito divertida. As tardes na varanda, onde ele recitava poesias, enquanto eu admirava sua beleza discretamente. Ele tentava me agradar de todos os modos, mas não precisava de muito, só o seu sorriso já me deixava nas nuvens.

Ao lembrar tudo aquilo, achei graça. Eu tive sorte em conhecê-lo, realmente foi algo especial. Aos poucos, as recordações trouxeram sorrisos aos meus lábios.

— Aleluia! — gritou Cristal.

Tive vontade de fechar a cara para ela, mas não consegui.

— Está mais leve agora?

— É, acho que estou.

— Então posso fazer uma pergunta?

— Sim — respondi remexendo na caixa.

— Por que a aliança está em uma corrente e não em seu dedo?

Era realmente estranho usar uma aliança presa a uma corrente pendurada no pescoço. Mais uma boa recordação!

— Luiz pretendia pedir minha mão em casamento seguindo todos os rituais, mas, com os preparativos para nossa fuga, não tivemos tempo. Ele me disse que só colocaria a aliança em meu dedo quando fizesse direito. Mas não tivemos tempo para ser do jeito que sonhamos — respondi pensativa.

Cristal me olhou esperando uma recaída, mas eu permaneci firme. Estava cercada de boas lembranças, feliz.

— Interessante — continuou, cheia de curiosidade. — E esse acontecimento foi...

— Meu pai, como sempre.

Cristal não gostava do meu pai, mesmo antes de conhecê-lo; e se ela não gostasse de uma pessoa, ninguém conseguia mudar sua opinião. Eu também não estava muito afetiva com ele, mas era o meu pai, embora ainda não o tivesse perdoado.

— Posso fazer outra pergunta?

— Já está fazendo...

Ela sorriu ao ver o meu bom humor voltar.

— E o que são essas outras coisas?

— Lembranças...

Dentro da caixa havia três livros de poesias dele, algumas cartas, uma rosa, seca e perfumada, e uma foto. Era tudo o que restava dele, da nossa história de amor.

Cristal saiu correndo do apartamento. Pela janela pude vê-la atravessando a rua e entrando no café. Mas o que ela estava fazendo? Ela voltou a sair, mas desta vez puxando o senhor Félix pelos braços e apontando em minha direção. Senti meu rosto corar. Meu amigo deu seu costumeiro sorriso bondoso e acenou. Eu retribuí o gesto.

22. Reconciliação desastrosa

Levantei cedo, tinha uma coisa muito importante a fazer. Primeiro chamei um táxi. O mesmo maldito motorista parou. Será que só havia aquele taxista na cidade? Quando me viu, arregalou os olhos e tentou disfarçar que me reconhecia.

— Para onde quer ir?

— Para uma loja de música — falei lentamente para que ele entendesse.

Dessa vez a viagem foi rápida e tranquila, como eu queria. Pedi para ele me esperar e fui cuidar do meu assunto importante.

Voltei para o apartamento sem muitos problemas.

Observei o café vazio enquanto tomava o meu chocolate quente. Estava na mesa próxima à janela vendo as pessoas transitarem pela calçada. Esfriando minha bebida, ouvi alguém batendo no vidro. Era Melissa, ela acenava animadamente andando em direção à porta.

— Oi Sab, como vai? — falou sentando a minha frente.

— Sab?!

— É, seu apelido, gostou?

— Sim — menti com a esperança que isso a deixasse quieta, mas não foi o que aconteceu.

— Você gosta de chocolate quente, não é? Só te vejo tomando isso. Você não come? É por isso que você é assim? Como se diz... reta?

— Como?!

Eu não era reta, tábuas eram retas, mas não eu! Podia não ter muitas curvas, mas só por isso não era reta.

— Sim, gosto de chocolate quente! Sim, eu como todos os dias! Eu sou normal e não sou reta.

Ela riu balançando a cabeça.

— É sim!

— Não sou!

— É!

— Não — parecíamos duas crianças brigando daquele jeito.

— É! Mamãe diz que quando não temos curvas, somos retas...

— É claro que tenho curvas!

— Mas não consigo ver...

— São as roupas!

— Sei — falou desconfiada.

Claro que eu tinha curvas, nunca tinha me importado com aquilo até aquela conversa. Não poderia ser modelo de lingerie, mas era o suficiente para uma mulher como eu. Como Melissa me tirava do sério.

— Você não devia estar em casa?

— Estou de férias e meus pais estão brigando muito, então prefiro ficar na rua, espiando. Você não tem saído muito de casa ultimamente, não é?

Lembrei que meu pai havia dito que minha vizinha era traída todos os dias e sabia. Fiquei com pena dela, a pobrezinha deveria estar sofrendo e tudo que eu fiz foi querer distância, mesmo tendo meus motivos. Eu bem que podia, pelo menos, tentar ajudá-la.

— Quer um chocolate?

— Sim, acho que vou adorar!

Fui até o balcão e pedi outro chocolate ao senhor Félix.

— O que vamos ter essa noite? — perguntei como quem não quer nada.

— Não vai querer saber...

— Ele?

— É, Vítor.

— E como ele está?

— Se importa? — perguntou surpreso.

— Não, talvez, só curiosidade.

Era mentira, eu me importava e muito com ele. Queria me desculpar, só gostaria de saber como.

— Ele está mais ou menos... Não sei dizer.

— Como assim?

— Você vem?

— Não sei... — falei indo em direção à porta. — Tchau.

Não podia perder essa oportunidade, naquela noite falaria com ele.

— Já vai? — perguntou Melissa triste.

— É. Estou ocupada. Aí está seu chocolate, saboreie-o.

Depois nos vemos.

Ao ouvir isso ela se iluminou. Era uma boa menina, estranha, mas uma boa menina.

Fui treinar minha desculpa na frente do espelho. Não tinha como dar certo, mas me deixava mais calma. As palavras saíam da minha boca, trêmulas. Mesmo ele não estando ali, eu sentia o medo crescendo dentro de mim. Como pude fazer isso com ele? Tinha que me desculpar, mas de certa forma, o erro fora dele. Eu tentei me afastar, tentei afastá-lo, mas Vítor insistiu e foi isso que aconteceu. Voltar no tempo seria a maior dádiva que eu poderia ganhar, mas tudo que eu tinha era um espelho refletindo meu medo e minha vergonha.

Estava na hora. Como sempre o café estava cheio. Minha mesa, reservada. Sentei-me inquieta, procurando por ele.

Ao começar a apresentação reparei que Vítor estava abatido, suas músicas estavam mais melancólicas que antes. Minha culpa aumentou, não podia ter feito aquilo com ele, mas é que estar com ele foi quase tão bom quanto estar com Luiz, o que eu pensava ser impossível. Achei, por um instante, que eram a mesma pessoa, então o magoei e não sabia como consertar aquela situação.

Durante toda a apresentação de Vítor fiquei inquieta, sentia-me desamparada. Não sentia mais o olhar dele em mim, parecia que a esperança havia acabado.

Esperei até que todos tivessem ido embora, restando apenas Vítor, o senhor Félix e eu. Ao nos ver ali, o senhor Félix foi para a cozinha. Vítor guardava seus pertences enquanto me ignorava. Não pensei nem por um instante que receberia um tratamento melhor. Aproximei-me, criando coragem.

— Desculpe — falei sinceramente.

Ele se virou lentamente, olhando nos meus olhos. Seus olhos eram lindos. Seu olhar desceu de meu rosto para minhas mãos. Estendi-lhe o violão que havia comprado mais cedo para repor o que fora destruído no salvamento.

— O que é isso? Você achou que eu teria quebrado meu

violão para te salvar se eu tivesse apenas um?

— Pensei — sussurrei. — Mas vi que me enganei.

Ele pegou o violão.

— Esse é emprestado, eu precisava ganhar a vida. Está tentando comprar meu perdão?

— Claro que não — respondi de imediato. — Só queria que me desculpasse...

— Por quê?

— Você sabe, não quero falar sobre isso, só quero que me desculpe.

— Tudo bem, está desculpada — encarou-me com raiva. — Mas ele morreu e não vai voltar, por que é tão difícil para você entender isso?

Ele não podia falar aquilo, ninguém podia! Ele não tinha como entender, sabia que estava decepcionado comigo, mesmo assim não ficaria escutando aquele tipo de coisa.

— Você não entende — falei virando para ir embora. Já estava desculpada.

Dei alguns passos, mas ele me segurou pelo pulso. Estava apertando muito forte, não conseguia me soltar. Seus olhos ardiam, sentia-o suplicando para que eu concordasse com ele, mas isso nunca iria acontecer.

— Você é que não entende, mas um dia vai entender... Eu estou aqui, mas estou cansado de sofrer por alguém que eu sequer conheço. Estou apaixonado por você, mas parece que ninguém nunca mais vai poder fazê-la feliz.

Ele estava mais calmo. Não soltou meu pulso, mas com sua mão livre brincava com uma mecha solta do meu cabelo. Eu havia provocado aquilo, não podia culpá-lo. Uma imensa tristeza inundou meu coração ao ouvir suas palavras. Fechei os olhos, sem forças para encará-lo.

— Abra seus olhos. Viva a vida. Deixe de ficar triste pelos cantos, tente superar o que aconteceu. Não pode sofrer pelo resto da vida...

— Não estou sofrendo mais — falei, soltando-me de suas mãos.

— Mas também não está feliz, deixe-me fazê-la feliz. Por que tem tanto medo de se envolver? Ele morreu. Eu estou aqui, esperando por você...

— Ele não morreu, meu pai o matou — gritei.

— Isto não muda o fato de ele estar morto. Você continua apaixonada por um cadáver.

Essas foram suas últimas palavras, antes de sair, deixando-me sozinha com minhas lágrimas e minha dor.

23. Verdades incessantes

O senhor Félix, Charles e Cristal estavam conversando no escritório. Não pude evitar e acabei ouvindo a conversa. Todos pareciam preocupados.

— Alguém pode me explicar o que está acontecendo? — perguntou Charles. — Essa ondulação de sentimentos está me deixando louco.

— Ela está apaixonada — falou Cristal, curta e grossa.

— Pelo falecido? — quis saber Charles confuso, desconhecendo os acontecimentos atuais.

— Não, por um homem bem vivo — respondeu Cristal.

— Mas ela não quer se envolver de novo, está com medo. Isso é mais do que normal para quem passou pelo o que ela viveu — continuou o senhor Félix bondosamente.

Não conseguia entender qual era essa incontrolável vontade de falar sobre os problemas alheios. Já era bem grandinha para cuidar dos próprios problemas e sozinha.

— Normal sim, mas não é normal ela fugir de Vítor como se ele fosse um animal selvagem. O rapaz está realmente gostando dela — rebateu Cristal.

— Vítor?

— É! Ela foi atrás dele ontem sabia? Muito corajoso da parte dela, mas acho que não teve muito sucesso...

— Eu sabia, a pobrezinha chegou arrasada em casa. Ele falou barbaridades para ela, mas quem pode culpá-lo? A verdade é que não sei de que lado ficar, é tudo muito complicado. Acho que talvez seja melhor eles não ficarem juntos.

— Talvez, mas eu adoraria que me explicassem direito o que está acontecendo.

Cristal e o senhor Félix se revezaram para contar a história, com todos os detalhes. Charles fez poucos comentários, mas podia adivinhar suas expressões a cada episódio.

— Certo, acho que entendi, mas o que vamos fazer?

— Acho que ela está cheia de nossas intromissões e sempre que fazemos isso algo dá errado... — comentou o senhor Félix.

O senhor Félix havia dito a coisa mais sensata até aquele momento.

— A culpa não é toda nossa, se ela não tivesse saído correndo, eles poderiam estar bem agora — disse Cristal.

— É melhor esperar para ver o que acontece...

— Não te ensinei que é feio escutar atrás da porta?

As vozes no cômodo cessaram, eu me virei incrédula com a familiaridade daquela voz.

— Mãe? O que está fazendo aqui?

— É assim que recebe sua mãe? Eu estava com saudade. Desse jeito vou pensar que não sentiu minha falta.

— Mãe... — murmurei abraçando-a.

— Oi irmãzinha! — cumprimentou meu irmão sorridente.

— Mas o que estão fazendo aqui? — perguntei confusa.

Minha mãe ficou séria e meu irmão fez uma cara de profunda ofensa.

— Eu preciso falar com você.

Os três saíram do escritório, cientes de que eu havia escutado tudo, para que eu e minha mão pudéssemos conversar em particular.

— Então, o que houve? Mãe, você está tremendo, está se sentindo bem?

Ela sentou, levantou e mexeu nos cabelos, como sempre fazia quando estava nervosa.

— Seu pai me contou o que ele fez — falou por fim, em um só fôlego.

— Um dia você teria que saber, mas não me diga que ele está arrependido e que eu devo perdoá-lo...

— Não, o que ele fez não tem perdão, mas a culpa foi minha.

— Sua? Mas... Não me diga que o ajudou? — perguntei com medo da resposta.

— Não.

Senti o alívio tomar conta de mim.

— Eu não sabia, pensei que estava fazendo o melhor para você, o melhor para nós duas...

Do que ela está falando? Nada daquilo fazia sentido para mim, não via como aquelas palavras poderiam ter relação com a morte de Luiz.

— Eu não estou entendendo, mãe... — falei confusa.

— Você precisa entender... — falava desesperada. — Fui obrigada, eu pensei que seria bom para você, compreende? — Eu apenas balançava a cabeça. — Se não tivesse feito essa escolha, você não seria quem você é hoje, não teria tido todas as oportunidades que teve... — agora estava falando tão rápido que não conseguia entender suas palavras.

— Mãe... Do que você está falando?

— De seu pai — falou de uma vez, criando coragem. — Você não é filha dele.

Era demais para mim, de repente tudo estava girando e o resto foi escuridão.

— Isabel? Por favor, acorde minha filha.

"Minha filha", a frase soou estranha, como se algo em minha existência estivesse errado, como em um pesadelo, lembrei das palavras da minha mãe, mas minha cabeça doía muito. Imagens passavam rapidamente diante dos meus olhos, sentia apenas a sensação de estar deitada no sofá da sala, no colo da minha mãe.

— O que aconteceu? — perguntei.

— Você desmaiou querida.

— Não comeu nada o dia todo, deve ser isso. Deixou o almoço esfriar para ouvir a conversa alheia — falou Cristal.

— O cheiro está delicioso — falou Gabriel piscando para ela, sendo completamente ignorado.

Estava me sentindo tonta, mas aos poucos as lembranças voltavam.

— Mãe... — falei levantando do sofá —, preciso falar com você.

— É melhor você descansar, meu bem.

— Não, estou bem.

Voltamos para o escritório e nos sentamos. Ambas estavam desconfortáveis.

— Meu pai não é meu pai? — perguntei insegura.

— Lembra daquela história que eu te contei sobre o meu primeiro amor?

— Lembro — falei sorrindo. — O cigano de olhos azuis como as estrelas — falei, tentando imitar a sua expressão apenas ao pensar nele.

— Ele mesmo — riu —, quando meu pai, seu avô, descobriu o nosso romance, ele me levou para o lugar mais longe que encontrou, foi aí que ele conheceu seu "pai" e em menos de um mês já estávamos casados.

— Sim, essa parte eu já sabia — falei desconfiada do rumo que a história estava tomando.

— É, mas a parte que você não sabe é que eu estava grávida antes de me casar com ele, foi só por isso que aceitei, para te dar uma vida melhor.

— Então quer dizer que o meu pai é...

— Dimitri é o nome do cigano de olhos azuis como os seus — foi tudo que ela disse.

Eu era a responsável pela tristeza da minha mãe por todos

esses longos anos. Por um lado estava feliz em saber que fui o fruto do grande amor da minha mãe, mas por outro lado estava triste e confusa, me sentindo traída, como se toda a minha vida houvesse sido uma grande mentira.

— Eu sinto muito, mas seu pai me fez prometer que nunca diria nada a você. Depois do que seu pai fez, me senti na obrigação de contar...

— Ele não é meu pai — toda a raiva contida veio à tona.

— Filha?

— Você... mentiu para mim... eu... eu... não...

— Não meu amor — ela chorava —, eu não quis... foi para o seu bem...

Confusa, saí do escritório e me refugiei no quarto.

24. Irmão sempre irmão

— Acho que agora que sua mãe está com você, não vai precisar mais de mim — falou Cristal tristonha.

— Por que pensa assim? Minha mãe não vai ficar aqui, ela ainda é casada.

— E qual é o problema? Você ainda tem vinte anos, também não deveria sair de casa, mas saiu.

— É diferente!

— Diferente como?

— Ele nunca vai aceitar a separação...

— Como se isso fosse impedi-la de alguma coisa, vocês são muito parecidas por dentro. Você não quer que ela fique aqui, não é?

Não respondi, precisava de tempo para pensar, para saber o que queria. Em menos de um ano a minha vida havia mudado de um conto de fadas para uma história de terror.

— Você não é mãe, por isso para você é fácil julgar. Não sabe pelo que ela passou, só estava pensando em você.

— Eu sei!

— Então por que não a quer aqui?

— Porque não muda o fato de ela ter mentido para mim todos esses anos, e ainda me sinto culpada por ela ter sido tão infeliz.

— Se você estava feliz, ela também estava; e por ela ter mentido para você... é tão difícil perdoar? Tenho certeza que você adorou não ser filha daquele monstro.

Olhei-a com desaprovação.

— Desculpe...

Talvez fosse difícil perdoar, mas não era com a minha mãe que eu estava brava, era com a vida, a minha vida, e ela só ia piorar, principalmente porque o monstro apareceria em breve e estaria fervendo de raiva da minha mãe.

— Isa, posso entrar? — era o irmão.

— Ele, sim, eu gostaria que não ficasse aqui — murmurou Cristal.

— Claro!

— Eu vou esquentar o almoço, você precisa comer alguma coisa — falou Cristal saindo do quarto.

— Você já esquentou meu coração — falou ele piscando.

Cristal fingiu não ter ouvido e eu também, tentando segurar um riso.

— O que você pensa que está fazendo? — perguntei.

— Não sei... — respondeu acompanhando Cristal com o olhar. — Ela é muito linda, não acha?

Cristal era linda para os olhos masculinos. Para mim, era uma amiga. Fisicamente Cristal não era nem um pouco reta, tinha sinuosas curvas que as roupas não conseguiam disfarçar. Ela tinha os olhos grandes e verdes, seu cabelo era loiro escuro e liso, e caía suavemente sobre os ombros, por mais que ela não gostasse, eu o achava lindo.

— É — foi tudo que falei, sentindo um pouco de inveja.

— Mas você também é — falou notando o meu ciúme.

Ele sentou a minha frente, na cama, sorrindo.

—"Você já esquentou meu coração", o que é que espera com isso? — perguntei rindo.

— Às vezes pode dar certo...

— Irmãozinho, Cristal é uma mulher, é muito diferente daquelas meninas com quem costuma namorar. Com elas pode funcionar, mas com Cristal não.

— Confio no meu charme — falou piscando.

— Gabriel, você não tem nenhuma chance — disse sincera.

— Quer apostar? Vou conquistá-la em uma semana.

— Se magoá-la vai ver só...

— E se eu gostar dela de verdade? — perguntou tímido.

"Gostar dela de verdade, era novidade. Adoraria ter Cristal na família, mas estava claro que o monstro não ia deixar. E não conseguia imaginá-la com o irmão.

— Se você gostar dela não vai fazer apostas e também vai ter que ser educado, para começar, pois desse jeito está me envergonhando.

— Não acredito! O mundo está no fim, preparem-se para o Apocalipse. Estou recebendo conselhos amorosos de minha irmãzinha?

— Irmã?

Era sua meia-irmã, a vida havia sido uma farsa. Não era quem pensava que um dia havia sido, tudo não passara de uma mentira.

— Isa, você está bem?

— Você já sabe? — perguntei envergonhada.

— Sei — respondeu dando de ombros.

— Eu não sou sua irmã — falei sentindo os olhos encherem-se de lágrimas.

Meu irmãozinho se aproximou e me abraçou. Ele enxugou minhas lágrimas e sorriu.

— Eu não me importo se somos meio-irmãos — explicou. — O importante é que eu a amo, como sempre a amei. E você vai ser sempre a minha irmãzinha.

— Irmãzinha? Pelo que sei, sou mais velha que você!

— Então, irmãzinha, tente crescer mais um pouco.

Peguei o travesseiro e bati nele com todas as minhas forças. Ele nunca deixaria de ser meu irmão. Sempre o amaria. Ele pegou outro travesseiro e se vingou. Sabia que ele estava se segurando para não me machucar, mas minha força não fazia efeito nele. Eu estava em desvantagem.

Ouvimos batidas na porta e paramos a guerra de travesseiros. Minha mãe passou pela porta, pálida, e se sentou ao nosso lado.

— Mãe, o que houve?

— Recebi uma mensagem do seu pai... Está furioso e vindo para cá.

— Para cá? E o que vamos fazer? — perguntei.

— Eu protejo as duas — falou Gabriel sentindo-se um herói.

25. Entre gritos e lágrimas

Ninguém dormiu, ninguém comeu. Esperávamos Charles voltar com o homem. A briga seria feia, mas não voltaríamos para casa. Pedi que Cristal e Catherine ficassem no quarto e não saíssem por nada, não importava o que ouvissem.

— Olá — falou ele quando passou pela porta. — Sofia, por que ninguém me convidou para essa reunião de família?

Ninguém falou nada, estávamos apreensivos. Eu o queria fora da minha casa, mas sabia que ele não iria a lugar algum.

— Então, ninguém vai falar? — gritou.

Naquele momento de raiva, ele pegou meu vaso preferido e o jogou no chão. A cerâmica se quebrou, espalhando terra para todo lado, minha flor ficou caída.

— Pare! — corri para socorrer a planta.

— Preste atenção em mim e não nessa planta estúpida.

Ele levantou o pé para pisar na planta. Rastejei e a empurrei para baixo da mesa. Senti a pele rasgar em contato com os cacos cortantes.

— Veja o que você fez! — gritou minha mãe.

— Ela se machucou sozinha. Quero que alguém me explique o que está acontecendo aqui!

— Vou cuidar da minha filha, depois eu falo com você — respondeu brava e confiante.

Minha mãe me levou até o banheiro e começou a lavar a ferida. Estava doendo, era certamente muito maior que um cortezinho. Tentei não reparar na dor, prestando atenção nas vozes do lado de fora.

— Deixe isso aí, Gabriel, é só uma planta!

— Não pai, é importante para Isa.

— Isa precisa é de tratamento, está completamente louca.

As vozes cessaram.

Tinha certo trauma com sangue, depois da morte de Luiz, não suportava a ideia de sangue. Minha mãe continuava retirando os cacos que estavam presos na pele.

Reclamei de dor.

— Pare com isso, Bel, já tem vinte anos, a dor vai passar.

— O que vamos fazer?

— Nós nada, o problema é entre mim e seu pai.

— Ele não é meu pai — sussurrei. — O que vai fazer?

— Quero que você e seu irmão fiquem quietos no quarto enquanto vou pedir a separação ao seu pai.

— Ele nunca vai concordar com a separação...

— Eu sei, mas eu tenho que tentar. Pronto.

Em seus olhos pude ver que ela sabia tão bem quanto eu que não iria funcionar. Não havia esperança, só o desejo e um sonho.

Todos os cacos haviam sido retirados e agora tinha um curativo na mão.

Voltamos para a sala e vi minha plantinha dentro de uma jarra. Gabriel a salvara.

— Demoraram!

— O que você quer saber? — perguntou Sofia friamente.

— Quero saber o que você está fazendo aqui.

— Obrigada — sussurrei para que só Gabriel escutasse.

Ele apertou minha mão boa.

— Vim contar a verdade para minha filha.

— Nós tínhamos um trato, não pode, eu vou...

— Pedir a separação? É tudo o que eu mais quero. Você é um monstro, minha filha tem que ficar longe de você. Gabriel e eu também.

Ele levantou a mão e desceu pesadamente sobre o rosto da minha mãe, ela caiu tonta no chão. Corri para socorrê-la enquanto Gabriel tentava segurar o agressor.

— Eu nunca vou te dar a separação, está parecendo aquela adolescente rebelde do interior outra vez, vai procurar outro cigano? Acho melhor não ou eu vou acusá-la por adultério, assim você ganha a sua separação e uma estadia na cadeia.

— Deixe-a em paz! — gritei.

— Você me enoja! — falou mamãe baixinho.

Ele tentou agredi-la mais uma vez, porém Gabriel era mais forte.

— Eu só queria o melhor para a minha filha — explicou-se.

— Mas você não é o meu pai! Vá embora!

— Não sem sua mãe...

— Por quê? Para agredi-la e mantê-la submissa? Vá embora, antes que eu chame a polícia e o denuncie por agressão física!

— Pai, vá embora — pediu Gabriel.

— Você vem comigo, filho?

— Não, tenho que cuidar delas...

— Cuide delas, mas cuidado para não enlouquecer também.

Meu irmão o acompanhou até o carro e pediu a Charles para levá-lo direto para casa. Quando voltou, nos encontrou abraçadas no chão, chorando, e juntou-se a nós.

— Desculpem por não tê-las protegido de meu pai...

— Estou feliz por estarem aqui comigo — falei.

26. Serenata

Estávamos com alguns problemas. Ninguém voltou a falar com o homem que por anos chamara de pai, e ele também não veio nos procurar, mas tinha reduzido a minha mesada pela metade e só continuou a pagar as contas porque Gabriel morava conosco. Ele também recebia uma mesada que, embora fosse maior que a minha, ainda era pouco para sustentar cinco bocas.

— Vou trabalhar!

— Onde, mãe? Você é professora e aqui só existem três escolas...

— Minha professora vai mudar de cidade — falou Catherine animada. — Adoraria ter a senhora Sofia como professora, vai ser divertido!

— Vai dar tudo certo filha.

— O salário para professora não é muito, mais vai ajudar. Preciso alimentar Gabriel que come como um esfomeado!

— Estou em fase de crescimento...

— Você tem dezoito anos, essa fase já passou.

— Você é que pensa. Tenho a mentalidade madura e o corpo de vinte e cinco...

— Quilos? — perguntou Catherine.

— Não baixinha, corpo de vinte e cinco anos, e continuo crescendo — explicou gentilmente.

Aquele comentário provocou em Cristal um sorriso de incredulidade. Minha mãe não entendeu o porquê de tal manifestação, eu sabia que o fator idade não ia ajudá-lo a ficar com ela, mas aquele comentário... Contive a gargalhada.

— Você não precisa me pagar — disse Cristal.

— O quê?

— Não preciso do salário. Você já nos dá moradia, comida, cobre Catherine de roupas...

— Sem falar nos brinquedos — completou Catherine.

— E depois, eu não tenho o que fazer com o dinheiro que ganho.

— É claro que vou pagar o seu salário — falou Gabriel em um tom insultado.

— Gabriel, ela é minha assistente, ela ajuda a mim, então eu pago o salário dela. É claro que vou pagar o seu salário — falei brava por ter que repetir a frase de Gabriel.

— Então eu ajudo nas despesas da casa — exigiu Cristal.

— Assim conseguimos pagar tudo! — falou a mãe esperançosa.

"É, mas não daria para manter o detetive", pensei. Uma tristeza me bateu, eu teria que despedi-lo e ainda estávamos longe do paradeiro do menino. Como iria encontrá-lo agora?

— Vou para o café, estou precisando de um chocolate quente... — falei, aproximando-me de cristal — Vá até o detetive e diga que não podemos mais pagar por seus serviços — sussurrei para ela.

Ela assentiu.

— Enquanto você come, vou levar a pequenina para o parque. Tudo bem para você Cristal?

Ela pensou um pouco.

— Tudo bem, podem ir.

Saímos os três. Atravessei a rua e eles seguiram em busca de diversão.

Teria que imaginar como seria o senhor Félix com o filho, já que isso não iria mais acontecer.

— Oi menina!

— Olá, senhor Félix.

— Quando vai aprender que meu nome é Félix? Apenas Félix!

— Talvez demore um pouco. Um chocolate quente, por favor.

— Venha.

Não havia movimento. Eram duas e meia da tarde. Segui para a cozinha e fiquei observando o preparo do famoso chocolate quente.

— Pensei que a receita fosse secreta.

— O segredo é o amor, então como estão as coisas?

— Não sei dizer. A casa está cheia, as coisas ainda estão muito confusas.

— Você sabe que se precisar de ajuda...

— Sei, pode deixar, estamos bem.

— A vida é difícil, mas você está cercada por pessoas queridas, aproveite isso e tudo parecerá mais fácil.

— O que eu faria sem seus conselhos? — falei sorrindo.

— Seguiria em frente do mesmo modo, aqui está seu chocolate.

Fui sentar à mesa perto da janela. Lá fora os carros e as pessoas passavam. Será que a vida deles é mais difícil que a minha?

Vítor passou em frente à cafeteria sem olhar para ela. Quando reparou a minha presença, evitou o meu olhar. Ele atravessou a rua e encontrou Melissa. Os dois conversaram e ele entregou para ela um envelope. Fiquei muito curiosa, não sabia que os dois se conheciam. Melissa se despediu e subiu para o apartamento com sua mãe berrando na janela.

— Pobre menina, com uma mãe dessas... — falei para mim mesma.

Vi Gabriel e Catherine voltando, saí ao encontro deles.

— Voltaram cedo.

— Catherine quer pegar uma boneca que esqueceu — explicou Gabriel.

— O que houve?

Não conseguia esconder a minha angústia, não de meu irmão.

— Tudo dá errado na minha vida, não tem como piorar.

— Não diga isso — falou Catherine. — Toda vez que alguém diz isso, algo ainda pior acontece.

— Duvido... O amor da minha vida morreu, meu pai o matou, mas ele não é o meu pai de verdade...

— Pare, assim vai assustar a criança — falou pegando a menina no colo. — Está me assustando também.

— Melissa! O que está fazendo aqui? E quem deixou você entrar?

— A porta estava aberta, na verdade estava destrancada. Você tem que tomar mais cuidado, um ladrão ou alguém indesejável pode entrar sem dificuldade.

Melissa estava sentada no sofá com um envelope nas mãos. Catherine correu para o quarto, enquanto Gabriel conhecia minha vizinha.

— Melissa, esse é meu irmão Gabriel.

— Prazer.

— Muito prazer — disse vindo em minha direção. — Ele é muito bonito, tem namorada? — perguntou para mim.

— Tenho — respondeu de súbito. — Sinto muito.

— Quem?

— Cristal.

— Cristal? — perguntamos juntas

— Sim.

Ele pegou Catherine e correu porta afora.

— Então o que veio fazer aqui Melissa?

— Vim entregar isso.

Recebi o envelope e a levei até a saída, queria ler sozinha, mas ela parou na porta.

— Eu o conheci em uma de suas apresentações, ele é muito bonito, perguntei se tinha namorada, mas ele gosta muito de você, de verdade.

— Obrigada — falei fechando a porta.

Abri o envelope, ansiosa, dentro havia um papel dobrado, o desdobrei e nele estava escrito simplesmente "Desculpe-me".

Aquelas palavras ficaram martelando na minha cabeça o resto do dia. Eram apenas duas palavras, mas resumia tudo. Desculpá-lo ou não. Ainda lembrava daquela noite em que declarara sua paixão por mim.

Fui deitar mais cedo ouvindo Cristal brigar com Gabriel por ter dito que os dois estavam namorando, foi engraçado. Sem querer Catherine ouviu e foi falar para a mãe, toda esperançosa e feliz. De repente tudo parou e eu só escutava um som de violão. Pensei que estava sonhando, mas não estava.

Levantei e vi vários moradores nas sacadas. Na calçada, Vítor tocava em seu violão a minha canção.

— Mas o que ele está fazendo? — perguntei incrédula.

— Uma serenata, não é romântico? — perguntou Cristal.

— Isso não é para mim — falou Gabriel voltando para a sala.

— Na verdade é só para você minha filha, vamos entrar?

Cristal e Catherine a seguiram, fiquei sozinha.

— Estou desculpado?

— Desculpe-o — gritou Melissa da sacada de seu apartamento.

— Melissa, já para dentro, você está só de camisola — gritou a mãe dela.

— Está desculpado — gritei.

— Isso! — ouvi do andar de baixo.

— Desça aqui, por favor.

— Não... não posso. Melhor não.

Era difícil resistir àqueles olhos, mas iria evitá-lo ao máximo para que não acontecesse de novo o mesmo que havia acontecido naquela noite na praça.

— Espere só um pouquinho — falou minha mãe para Vítor.

— É claro que ela vai descer — opinou Cristal.

As duas apareceram de repente e estavam me empurrando em direção à porta.

— O que estão fazendo? Eu não vou!

— Você vai sim!

— Por quê?

— Porque eu estou mandando... Desculpe, a senhora é a mãe dela.

Minha mãe sorriu.

— Eu e Cristal estamos mandando. Filha, veja o que ele fez para você. Você gosta dele, vale a pena tentar.

— Mas...

— Mas nada, vá! — ordenou, trancando a porta atrás de mim.

27. As diferenças

— Oi — falei envergonhada.

— Oi.

— Obrigada pela música.

— Foi um prazer. Eu queria falar com você, me desculpar, bem... fui meio grosso com você na última vez em que nos vimos...

— Não há problema — menti. — Eu é que deveria me desculpar por ter sido mal educada nos últimos meses, não agi certo...

— Mas eu fui muito rápido, deveria ter sido mais compreensivo, você ainda deve estar mal. Quanto tempo faz? Desculpe, não deveria ter perguntado.

— Tudo bem. Foi há oito meses, três semanas e dois dias, mas quem fica contando cada minuto que eu passo sem ele?

Eu e minha grande boca. Estava fazendo tudo errado de novo. Vítor não tinha culpa pela morte de Luiz e eu estava fazendo com que ele se sentisse mal.

— Desculpe.

— Parece que estamos pedindo muitas desculpas hoje, não é?

— É o que parece.

Ele se aproximou e pegou minha mão. Eu estava fria e envergonhada. Poderia ter, pelo menos, trocado de roupa. Vítor tirou a camisa, aquilo já estava virando rotina.

— Não precisa — falei ao notar o gesto. — Estou bem.

— Tudo bem — disse notando o meu constrangimento. — Mas vamos para um lugar mais quente, você está congelando.

— Meu apartamento está bem aqui e tenho certeza que está bem quentinho.

— Pensei em um lugar menos movimentado, já conhece minha casa?

— Acho que não, mas já está tarde...

— Não é tão tarde assim...

Ele segurou minha mão e me puxou pela rua. Esperamos um táxi; e no tempo em que ficamos parados, fiquei pensando em uma maneira de recusar aquele convite. Não me sentia bem indo para a casa dele, sozinha e à noite.

Um táxi parou, o motorista era o mesmo careca trambiqueiro.

— Só há um taxista nessa cidade? — sussurrei no ouvido de Vítor.

— Não sei, também não sou daqui, mas ele me engana com frequência, acho que é imigrante, não entende bem o que eu digo.

Durante o percurso fiquei olhando pela janela, sentindo as pernas de Vítor roçarem as minhas. Ele morava longe, como voltaria para casa? De táxi não parecia uma boa ideia, já que aquele taxista parecia não gostar muito de mim e a recíproca era verdadeira. Quem sabe eu pudesse pular do carro?

Chegamos depois do que pareceram horas. Descemos e ele pagou a corrida. Tentava reconhecer onde estávamos, mas nunca tinha ido para aquele lado da cidade. Ele morava em uma rua, sem saída, em uma pequena casa com um belo jardim, nos canteiros havia muitas flores, coloridas e meio fantasmagóricas à luz do luar.

Vítor abriu o portão e me guiou para dentro, eu estava me sentindo pouco à vontade, mas me deixei levar. No interior da casa havia caixas, livros, folhas com partituras, tudo espalhado pelo chão.

— Desculpe, é que mudei há pouco tempo — explicou.

Fomos para o outro cômodo. Ali havia vários instrumentos: um piano, um violão, um saxofone, um violino, entre outros. No canto havia um sofá, que estava sendo usado como cama. Em cima dele um cobertor e um travesseiro.

— Passo muito tempo aqui — explicou-se novamente. — Pode sentar, por favor.

Sentei-me rígida no sofá e ele ao meu lado, me observando. Eu não deveria estar ali, principalmente com aquele olhar sobre mim. Estava vulnerável, desprotegida, entregue a todas as suas armadilhas.

Ele esticou o braço e tirou uma das mechas que caía sobre meu rosto, colocando-a atrás da minha orelha. Depois desceu a mão acariciando o meu pescoço e chegou mais perto.

— Relaxe — sussurrou no meu ouvido.

Senti um arrepio subir pela espinha. Sua voz era aveludada e parecia uma carícia.

— Está muito tensa.

Ele deu a volta no sofá e começou a massagear meus ombros. Senti todos os meus problemas e preocupações se esvaindo. Estava me sentindo leve, me esquecendo de onde e com quem estava. Os dedos ágeis tocavam minha pele como um instrumento e, de repente, pararam. Comecei a sentir algo mais delicado acariciar meu pescoço, eram lábios. Quando percebi, já estava indo ao encontro deles.

Eu não tinha mais consciência do que estava fazendo. Comecei a notar as diferenças entre os dois. Não cometeria o mesmo erro. Tudo era diferente. De certa forma novo: o gosto, o perfume, a sensação, menos o sentimento. Estava apaixonada por Vítor.

Ele me enlaçou pela cintura. Eu o queria mais perto e sentia que ele queria o mesmo. Todo o tempo que passei longe pareceu desperdiçado e não conseguia me lembrar o porquê para ficarmos separados.

Caímos sobre o sofá e de lá fomos parar no chão. Caí sobre ele, amortecendo minha queda, mas na boca pude sentir um gosto estranho e quente.

— Ai — ele gemeu.

— Você está sangrando — falei levantando em um salto. — Você está bem? Onde estão os curativos?

— Calma, estou bem — disse levantando e me envolvendo em seus braços novamente. — Nada que um beijo não cure.

— Claro que não, você está com um corte no lábio. Sente-se que vou procurar algo para limpar isso aí.

— É só um cortezinho...

Procurei, mas não encontrei nada. Então peguei algodão e água e comecei a limpar seu ferimento, era pequeno, mas a higienização era importante. Eu estava exagerando e sabia disso. Estava tentando evitá-lo. Era tudo um grande pretexto para eu poder pensar melhor. Não podia me deixar seduzir outra vez. Estava certa do que sentia por ele, mas ainda estava muito insegura.

Ainda estava limpando os lábios dele, quando segurou minhas mãos.

— Você fica linda quando se preocupa comigo...

— A esperança é a última que morre.

Ele se inclinou para tentar me beijar, mas não deixei. Vítor balançou a cabeça sorrindo. Certamente entendeu o que estava se passando na minha cabeça. Pegou-me no colo e sentou no sofá. Abracei e pude senti-lo me apertando mais forte. Senti o calor de sua pele até adormecer.

28. Alegria confusa

— Bom dia!

— Onde estou? Vítor, o que está fazendo aqui? — perguntei confusa.

— Você tem amnésia?

— O quê? Claro que não, só estou sonolenta. Bom dia! O que está fazendo? — perguntei levantando e seguindo Vítor até a cozinha. Ele mexeu em algumas panelas e me encarou, se desculpando.

— O que quer comer no café da manhã?

— Não sabia que cozinhava...

— Esse é o problema, não cozinho.

— Então somos dois. Em casa quem cozinha é Cristal, mal entro na cozinha.

Ele encarou a panela e ouvi o barulho do seu estômago.

— Podemos tentar, não acha?

Dei de ombros.

— Vamos tentar.

Colocamos aventais e reviramos a cozinha procurando algo para fazer. Encontrei alguns ovos, daria para um café da manhã.

— Gosta de ovos?

— Adoro.

Fui até o fogão e tentei ligar, apertei todos os botões e nada aconteceu. Então encontrei uma caixa de fósforos, mas só tinha um, os outros já estavam usados. Risquei a cabeça do fósforo e logo uma chama nasceu. Senti algo úmido em minha nuca e deixei o fósforo cair em cima de um tapete.

— O que houve? Assustei você? Foi sem querer, é que estava tão concentrada que eu não resisti...

— Não, é o fósforo.

— Você está sentindo esse cheiro de queimado?

— Fogo!

— Fogo?

O fogo foi se alastrando, dançando lentamente pelo tapete. Vítor começou a pisotear as chamas, mas não adiantava. Desesperada, procurei um balde e o enchi com água. Na correria, acabei tropeçando e o balde voou das minhas mãos caindo sobre a chama que logo se apagou, revelando um furo no tapete.

Levantei apressada.

— Desculpe, eu não queria, foi sem querer, é que me assustei e o fósforo...

— Que bom que você está bem — falou me abraçando.

— Poderia ligar o fogão para mim, por favor? — pedi.

— Claro. Antes você tem que abrir a válvula do gás, aqui... — falou mexendo nos botões — pronto.

— Obrigada.

Ele piscou.

Voltei ao café da manhã. Vítor remexia nos armários.

— O que vai fazer?

— Vou fazer pão.

— Pão?

— É que não tem nada aqui perto, muito menos uma padaria... Acho que seu ovo está queimando.

— Não está queimando, está ao ponto — falei voltando ao fogão.

O ovo já parecia bom. Fui retirá-lo da frigideira, mas ele não se movia. Havia esquecido alguma coisa. A solução foi retirá-lo aos pedaços. O ovo estava desfigurado e queimado.

— O ovo está pronto — falei envergonhada, caindo na risada ao ver a cara branca de Vítor.

— O que foi?

— Farinha... — falei entre risadas.

— Onde? — perguntou, passando a mão suja pelo resto do rosto.

— No rosto todo... — sem aguentar desatei a rir.

— Muito engraçado! — falou pegando um pano para limpar o rosto.

— Desculpe, é que... foi engraçado, me desculpe.

— Isso não está certo — falou olhando para a massa estranha.

— O que é isso?

— Pão!

— Não parece...

— Eu sei, mas fiz tudo igualzinho à receita.

— Colocou fermento?

— Sim.

— Quem sabe não fique melhor depois de assado?

— É... quem sabe.

Ele colocou a tentativa de pão no forno e ficamos esperando horas. Vítor foi tomar banho enquanto eu olhava o pão. Estava realmente estranho, estava aguado. Mas eu não podia reclamar. Meus ovos também não estavam com uma aparência muito apetitosa.

Por mais que estivesse passando fome não pude deixar de ficar contente, não sabia explicar, mas estava me divertindo. Eu não sabia se isso era bom. Não conseguia evitar ficar confusa, era muito complicado entender minhas próprias emoções.

— Já deve estar pronto — falou ansioso.

Abriu o fogão e com uma luva pegou a fôrma, o pão continuava mole, só que maior.

— Acho que não podemos comer isto, Vítor!

— E o ovo?

— Acho melhor não... — falei.

— Então vamos tomar café no Félix.

— Concordo plenamente.

— Tenho que chamar o táxi, vai demorar um pouco, você está com muita fome?

— Não, eu aguento...

Minha consciência começou a pesar, mas eu não queria ouvi-la. Será que estava traindo Luiz? Ou deveria deixar Vítor sofrendo? Naquele momento só importava aqueles olhos e o dono deles.

— Vítor, já pensou em contratar o taxista como motorista particular? — perguntei quando entramos no carro.

— Eu cobro baratinho... — comentou o taxista.

— Ela estava brincando — respondeu apressado, fazendo uma careta.

Ficamos o resto da viagem quietos e constrangidos, do mesmo modo que viajamos na noite anterior. Mas Vítor parecia mais confiante e decidido, com um meio sorriso encantador. Nosso "caso" estava resolvido, mas ao mesmo tempo não estava. Um beijo não podia mudar as coisas, tínhamos que conversar para decidir o que faríamos com o "nós dois".

Chegamos ao café mortos de fome.

O senhor Félix nos espiava pelo canto dos olhos, mas ninguém falava nada. Não havia nenhum barulho que não fosse o nosso. Nem uma mísera mosca voando. Estava tudo em silêncio e eu sabia que iria continuar assim. Como havia previsto, acabamos de comer, pagamos, nos despedimos do senhor Félix e Vítor me levou até a porta do meu prédio. Estávamos parados um em frente ao outro, envergonhados.

— Tchau.

— Até mais.

Desesperançosa, subi o primeiro degrau e ia subir o segundo quando uma mão me puxou, fazendo-me desequilibrar e cair naqueles braços quentes. Senti a respiração e o perfume familiares. Abri os olhos, mas logo os fechei, pois estava em profundo transe. Seus lábios nos meus eram ágeis e gentis. Estava hipnotizada, mas quando dei por mim já havia acabado e eu estava em pé. Vítor foi embora cheio de si e eu subi a escadaria flutuando.

29. Algo que vale a pena

— O que aconteceu?

— Onde você estava?

— Como foi?

— Você está bem?

Foi a recepção que tive quando abri a porta. Eu tinha a família mais intrometida do mundo. Ignorei-os e fui para o meu quarto, querendo um pouco de privacidade. Um beijo não mudaria muita coisa, mas dois talvez sim.

Eu deveria ser a pessoa mais sortuda ou mais azarada do mundo, pois nunca estaria sozinha. Abriram a porta do meu quarto e entraram, me encarando curiosos.

— Então, não vai responder nossas perguntas? — perguntou Cristal.

— Não aconteceu nada... Eu estava na casa dele, foi bom e eu estou ótima.

— Na casa dele? — perguntou minha mãe incrédula com os olhos arregalados.

— Mãe, vocês não podem esquecer que a culpa é das duas e pode ficar sossegada que, como eu já disse, não aconteceu nada.

Ela me analisou desconfiada, mas acreditou em mim e saiu do quarto junto com meu irmão e Catherine.

— Já que não vou ter maiores detalhes, tenho um recado; o detetive quer uma reunião com você, não sei sobre o que se trata, acho que você tem uma hora para estar lá...

— Uma hora?

— Não sabia que você ia dormir fora e, principalmente, que não iria me contar o que aconteceu...

Ela saiu do quarto resmungando, certamente por não ter conseguido arrancar detalhes de mim. Tomei banho, aliviada por tirar aquela camisola, e corri para o escritório do detetive.

— Bom dia.

— Bom dia, sobre o que quer conversar comigo?

— Cristal me explicou o porquê da suspensão de meus serviços.

— Sinto muito, mas não temos mais condições.

— Entendo, mas me envolvi com o caso. Não posso continuar trabalhando sem remuneração, mas vou te passar tudo o que descobri para que possa, quem sabe, descobrir você mesma ou passar as informações para o pai da criança.

— Faria isso por mim?

— Com todo o respeito, não faço isso por você, faço por Félix. Tenho uma filha, sabe? Sei como me sentiria se a tirassem de mim.

Pensei sobre o assunto, já havia lido livros sobre detetives, mas me tornar uma, não tinha tanta certeza... Mas faria isso pelo senhor Félix.

— Você acredita que se eu achar o menino, o pai poderá ter sua guarda?

— Sim, ele é o responsável. O que a avó fez foi sequestro, mas é possível que o próprio menino não queira...

— Esse é o problema, não sou advogada. E se eu o encontrar e ele não quiser ficar com o pai? Tudo vai ter sido em vão...

— Tem certeza? Vai ter sido em vão o pai poder ver seu

filho depois de tanto tempo? Vai ter sido em vão ele saber o nome da criança? Nenhuma causa que valha a pena será em vão!

— Bonita, é sua a frase?

— Não, é do senhor Félix. Seus conselhos sempre me ajudam. Quero todos os dados que você descobrir — disse, levantando e indo até um arquivo, de onde retirou uma grossa pasta e a depositou sobre a mesa. — Aqui está.

Mostrou-me uma foto amarelada, nela estava uma senhora com as faces rígidas e várias rugas nas feições severas. Os cabelos grisalhos revelavam sua idade, embora fosse uma bela senhora. Nos olhos notei a semelhança com a mulher do senhor Félix.

— É a mãe de Amanda.

— Exatamente, essa foto foi tirada uma semana antes da morte da filha. Hoje deve estar mais velha, mas vai reconhecê-la.

— Certamente — aqueles olhos me encaravam raivosos.

— Tenho outras fotos aqui — disse o detetive. Era a foto de um bebê, gordinho e saudável, sorrindo para a câmera, com as mãozinhas esticadas tentando alcançar alguma coisa. Em outra, ele estava dormindo, chupando o dedo, em um sono tranquilo e sereno.

— Hoje já deve estar crescido — comentei, lamentando não podermos voltar o tempo.

— É. As crianças crescem muito rápido. Fui até a prefeitura e com um auxílio financeiro soube que ela mudou depois de ficar escondida na cidade por mais de um ano. O antigo endereço é bem longe daqui, a casa é bem isolada e foi vendida há pouco tempo para um músico, o nome dele é...

— Vítor? — perguntou incrédula.

— Exatamente.

Na noite anterior eu estivera no mesmo local onde aquela mulher se escondera por um ano. Será que ainda havia alguma coisa na casa, alguma pista? Eu teria que voltar até lá.

— Você o conhece?

— Sim, é um amigo — respondi, pensando no que ele era naquele momento.

— Acho que isso pode ajudar. Fui até a estação de trem e soube que ela comprou uma passagem para outra cidade, por coincidência a cidade de onde você veio, e de lá foi para outra, então perdi seu rastro. Acho que agora é com você.

— Alguma dica? — perguntei com medo da responsabilidade que estava assumindo.

— Tudo é válido, tudo pode ajudá-la a encontrar a verdade, e quando encontrar me avise, vou ficar muito feliz.

Voltei para casa pensando no primeiro passo a dar. Talvez fazer uma visita a Vítor, devia haver alguma coisa lá que pudesse me ajudar. Só em pensar que poderia ter esbarrado com aquela mulher na minha cidade, me dava raiva.

30. Confiança mútua

Não poderia contar a ninguém o que iria fazer para não criar falsas expectativas. Era muito provável que eu não conseguisse encontrá-los e se o senhor Félix soubesse que havia uma possibilidade, mesmo que pequena, de ele encontrar o filho, e depois eu não conseguisse, ficaria mais triste do que já era. Talvez pudesse contar para minha mãe, mas ela contaria para Cristal, que contaria para Vítor, que contaria para o senhor Félix. Só havia uma pessoa para quem eu poderia contar e meu segredo estaria a salvo. Meu irmão.

Entrei em casa tentando não chamar a atenção para evitar interrogatórios. Saberiam se eu mentisse, sempre que mentia começava a gaguejar e me enrolava toda. Esgueirando-me, encontrei Gabriel espiando Catherine e Cristal brincando dentro do quarto.

— Posso falar com você? — sussurrei.

— Quer me matar de susto? O que aconteceu?

Fomos até o meu quarto, tranquei a porta, nervosa, esquecendo por um momento que precisava falar com ele.

— Não quero você espiando Cristal!

— Mas você também espia...

— Apenas quando o assunto sou eu...

— Elas só estavam brincando...

— É? E quando vai começar a espiá-la enquanto estiver trocando de roupa?

— Não acredito que você pensa isso de mim...

— Gabriel, eu não quero brigar com você, mas eu te conheço...

— Eu não vou espiá-la...

— Não quero que faça com ela o mesmo que fez com as outras, por mais que fossem... como posso dizer? Inadequadas. Elas sofrem depois que termina o namoro.

— Gosto dela...

— E gostava das outras também. Ela é minha amiga, não quero que sofra. Só estou pedindo para que a respeite na minha casa!

— Também pago as contas!

Ele era muito adolescente para ela. Cristal era uma mulher, já havia apanhado muito da vida e amadurecera antes do tempo. Eu amava meu irmão, mas ele não ia desrespeitá-la. Gabriel me olhava como se eu tivesse acabado de esbofeteá-lo.

— Por favor! — implorei.

— Gosto dela, por que não acredita?

— Não vou discutir isso, só...

— Não vou mais espiá-la, satisfeita?

— Muito obrigada — abracei-o agradecida.

— Era isso que queria falar comigo? — perguntou irritado.

— Está bravo comigo, não é?

— Não, é que eu acho que não tenho chances com ela.

Não fiz comentários, de certa forma estava certo, mas eu sabia que além daquele menino, brincalhão e imaturo, existia um homem que eu tinha orgulho de chamar de "meu irmão". Alguém compreensivo, carinhoso, gentil. Só era preciso conhecê-lo bem.

No fundo, Gabriel era tímido, ficava com aquela pose de moleque para se enturmar, mas quando se deixava conhecer, era um verdadeiro cavalheiro.

— Que tal ser você mesmo? — falei.

— Eu mesmo?

— Gabe, eu prefiro não me intrometer, mas você errou ao dizer para Melissa que você e Cristal estavam namorando.

— Eu não sabia que Catherine estava ouvindo...

— Não muda o fato de ter errado.

— Você tem razão, nunca tinha visto uma mulher gritar tanto.

— Eu que o diga, nem consegui dormir...

— É, mas foi pela gritaria ou pela música daquele tal de Vítor? — disse com menosprezo.

Fechei a cara. Em um dia estava sozinha, andando pelas ruas, rumo a uma biblioteca vazia, e no outro estou cercada por pessoas que amava, mas que interferiam em minha vida.

— Por acaso está com ciúme? Você nunca sentiu ciúme — comentei confusa.

— Você que nunca reparou, mas estou com mais curiosidade do que ciúme, então o que houve ontem à noite?

— O que houve não te interessa, tenho um assunto mais urgente e preciso de sua ajuda — falei. — Gabe?

— Fale Isa.

— Eu estou com medo — desabafei.

Ele me abraçou protetor. Retribuí ao abraço, escondendo meu rosto em seu peito.

— O que houve? — perguntou sério.

— Você já sabe que tive uma reunião com o detetive que contratei?

— Sim.

— Ele me entregou tudo o que descobriu...

— Nada mais justo, você pagou pelo serviço, tem direito sobre as informações...

— Mas não foi por isso que me reuni com ele. Tive de suspender os serviços e ele sugeriu que eu continue a investigação.

— Você... uma detetive? — seu bom humor voltara. — Confio em você, vai encontrar o menino — falou piscando para mim.

— Mas se eu não conseguir, o senhor Félix vai ficar pelo resto da vida sem o filho e isto eu não suportaria. É muita responsabilidade!

— Você vai conseguir porque o ama e eu te amo o suficiente para saber que vai conseguir.

— Você é meu irmão, tem que me dar apoio, mas isso não garante que eu vá conseguir — expliquei triste.

— Nem sempre eu te apoio, eu não te apoiei quando passou a noite de ontem fora...

— Por que tem que voltar a esse assunto a toda hora? — perguntei.

A privacidade era um privilégio que eu não possuía: amiga enxerida, mãe intrometida e irmão curioso. Sentia minha vida exposta em uma vitrine.

— Por que não quer me contar?

— O assunto não é esse. Você lembra da história do filho do senhor Félix?

— O que você quer que eu diga? Você não acredita quando eu digo que não há alguém melhor para fazer isso do que você. Acredite em si mesma.

"Acredite em si mesma". Era fácil para ele falar, quando sua única preocupação era conquistar Cristal.

— Tudo bem, não custa tentar, mas, e se eu precisar de sua ajuda?

— Estarei aqui.

Piscou um olho.

— Só não conte para ninguém — pedi.

— Por quê? O senhor Félix vai adorar saber, todos vão querer ajudar...

— Não quero criar expectativa para algo que pode não dar certo.

— Negativa, mas tem certa razão. Esta é a primeira coisa inteligente que falou hoje.

Ri e dei um leve tapa em seu ombro. Amava aquele menino, meu sentimento era completo para com meu meio-irmão.

— Brincadeira! — falou dirigindo-se à porta.

Ele estava morrendo de curiosidade. Demorou uma hora para dar a primeira volta na chave, andei em sua direção e abri a porta.

— Já que quer tanto saber, coloquei fogo na casa...

— Nossa! Você odeia esse homem tanto assim? — perguntou rindo.

— Não, eu gosto dele.

Dei um beijo na sua bochecha e saí.

— O quê? — perguntou incrédulo. — Quem entende as mulheres?

31. Confissões irritantes

Fui para a sala e Gabriel me seguiu, querendo saber o resto da história. Cristal vinha andando alegre com sua filha no colo, quando viu Gabriel franziu a testa de tal forma que a deixou alguns anos mais velha.

— Está ocupado? — perguntou secamente.

— Para você, nunca — falou ignorando o tom ríspido de Cristal.

Ela soltou um longo suspiro e percebi que eles iam brigar, ou pelo menos Cristal ia. Ficar no meio da discussão dos dois não me agradava, então tentei sair de fininho.

— Pare aí mesmo, mocinha! — falou Cristal. — Você vem conosco.

— Vamos sair? — perguntei surpresa.

— Para onde vamos? — quis saber Gabe feliz. — Isa vai ficar de vela.

Alguém tinha que fechar a boca daquele menino antes que uma bomba explodisse. Cristal começou a ficar vermelha como nunca havia visto antes. Instintivamente peguei Catherine no colo.

— Seu moleque! — gritou. — Não vamos sair, vamos até o apartamento de Melissa para você consertar a mentira que contou. Você vai falar para essa garota que não estamos namorando! — parou para tomar fôlego.

— Eu não vou até lá — falou Gabriel, aumentado o tom de voz.

— É claro que vai — gritou Cristal.

— Não vou não, você já viu aquela menina. Ela não pode ser normal.

— Esse problema não é meu, o meu único problema é você!

Alguém tinha que pará-los. Acabariam brigando feio até que um decidisse sair de casa. Ou ambos.

— Não tenho culpa por existir, culpe minha mãe...

— Sua mãe é uma ótima pessoa, ela não tem culpa de ter um filho como você.

— O que eu fiz de tão errado?

Eles estavam a centímetros um do outro. Cristal estava quase nas pontas dos pés, batendo no queixo do meu irmão, mas olhava-o com tanta ferocidade que me arrepiava de medo. Gabriel a encarava, sustentado o seu olhar ameaçador.

— Disse para Melissa que estávamos namorando. Você não pensa, é claro que não, é só um menino...

— Você não viu como aquela menina estava me olhando, é dez vezes mais assustador que sua cara...

— Está me chamando de feia?

— Não — falou percebendo o duplo sentido de sua observação. — Estou falando dessa testa franzida. Você não é feia... — dizia apressado e sem jeito — é linda, maravilhosa.

Ele tocou seus cabelos e depois sua face. Ele estava em transe, perdido na perfeição do rosto dela. Cristal corou. Nervosa, se virou, escondendo o rosto, e andou até a porta.

— Vamos! — ordenou.

Gabe fechou a cara, mas obedeceu. Eu senti que já era seguro respirar e mandei Catherine para o quarto. Com cuidado, observei-os da porta. Melhor acompanhá-los e evitar mais confusão. Ambos estavam acanhados, o que me deixou mais tranquila.

Eles evitavam qualquer olhar. Ria comigo mesma, em minha cabeça a imagem de Cristal corada, envergonhada e sem fala. Nunca a havia visto daquela forma, vulnerável e sem uma resposta à altura de uma provocação. Ela sempre batia de frente, só ouvia o que queria. Era forte e decidida, mas todos têm pontos fracos.

Paramos em frente ao apartamento de minha vizinha.

— Isa, bata na porta.

— Eu? Por quê?

Os dois me encararam.

— Essa menina adora você — falou Cristal.

— E?

Gabriel agarrou minha mão e bateu na porta, depois de alguns minutos ouvimos passos e a maçaneta começou a girar lentamente. A mulher, com expressão azeda, torceu o nariz ao nos ver.

— O que vocês querem? — perguntou.

Eu não conseguia falar.

— Diga alguma coisa! — sussurrou Gabriel no meu ouvido.

— Oi...

Ela não respondeu.

— Queremos falar com a Melissa.

— Ela não pode, está ocupada.

— Mãe! — gritou Melissa. — Eu me furei com a agulha, não quero aprender a costurar, tem um curativo por aqui? — ela parou sorrindo ao nos ver. — Oi, que surpresa! Vou sair — falou passando a agulha e a linha para a mãe.

— Você ainda não acabou... — falou a mãe segurando-a pelos ombros.

— Mãe, por favor! — implorou a menina.

A mulher fechou os olhos e pensou até que assentiu com a cabeça.

— Eles querem falar com você, não saia deste corredor! — disse entrando no apartamento.

Melissa nos encarava sorridente, esperando que começássemos a falar. Silêncio. Gabriel e Cristal continuavam passivos, deixando a mim a árdua tarefa. O que dizer? "Melissa meu irmão mentiu para você porque o assustou e ele está apaixonado pela Cristal". Não podia dizer isso a ela, nem precisava estar ali.

— Melissa... — comecei — houve um mal entendido...

— Não! — falou Cristal. — Deixe que o Gabriel explique, pode começar.

Suspirei aliviada, mas nervosa pelo meu irmão, uma palavra errada e eu estaria no meio da terceira guerra mundial.

Gabriel me encarou pedindo socorro. Eu não podia fazer nada e Cristal simplesmente sorria.

— Houve um mal entendido — começou ele. — Nós, Cristal e eu, nos separamos, é isso, está tudo acabado!

— Acabado? — perguntou Cristal indignada.

— É, eu terminei com você, não se lembra? — continuou encenando.

— Nunca tivemos nada, e se tivéssemos alguma coisa, eu terminaria com você...

— Você acabaria comigo? Nem sonhando...

Os dois discutiam com os dedos apontados um para o outro. Eu e Melissa olhávamos a cena espantadas, parecia que iam se matar. Melissa se aproximou de mim.

— Parece que a separação não foi bem aceita. Pobre Cristal, é muita areia para o caminhãozinho dela.

Deu vontade de rir, mas não fui a única a ouvir aquele comentário. De repente as vozes cessaram e os dois se viraram. Gabriel sem jeito e Cristal espumando de raiva. Ela chegou bem perto da menina com os punhos fechados, por um momento pensei que fosse agredi-la, mas não o fez.

— O que te faz pensar isso? — perguntou, tentando aparentar uma calma que não sentia.

— É que... olhe para ele — falou com medo, mas não pode evitar um suspiro.

— Acho que se enganou Melissa, ela é que é muita areia para mim — admitiu Gabriel.

Cristal olhou-o surpresa.

— Acho que é a única coisa certa que você já falou.

— Menina, você é muito convencida...

— Para começar eu não sou menina e você...

Eles voltaram a brigar, Melissa prestava atenção em tudo e eu não via a hora daquilo acabar. Era muita gritaria para um único dia.

— Que barulho é esse na minha porta? — perguntou a vizinha abrindo a porta. — Melissa, já para dentro!

— Bom saber que está solteiro! — falou ela enquanto era puxada pela mãe, dando uma piscadinha para Gabriel.

Gabriel fez uma careta ao perceber a piscada da menina.

— Viu no que dá essa sua "jogação de charme"? — indaguei maliciosamente.

— Não pensei que fosse tão ruim assim...

— Pior! — falou Cristal. — Pobre Melissa, faz isso porque ainda não conhece você — disse subindo as escadas.

— Essa mulher me tira do sério — resmungou ele.

— Daqui a pouco vocês vão me tirar do sério.

32. Mais informações

— Senhor Félix?

— Sim.

— Posso fazer uma pergunta?

O senhor Félix havia me convidado para passar uma tarde com ele para aprender a cozinhar, já que o episódio do incêndio se espalhara tal como chamas. Estava mexendo em algumas gavetas e encontrei um faqueiro com um bilhete em que estava escrito "De mamãe e papai".

— Claro.

— O que é isso? É dos seus pais, senhor Félix? — perguntei com receio de sua reação.

Ele olhou analisando o faqueiro.

— Faça a pergunta direito, as duas.

Não havia entendido.

— Félix?

— Sim?

— Posso fazer uma pergunta?

— Claro.

— O que é isso?

Ele sorriu.

— Muito melhor. Você é muito curiosa, sabia?

— Sim, sabia.

Ele pensou um pouco e começou a mexer a panela.

— Mexa aqui, por favor.

Peguei a colher que me estendia e comecei a mexer um molho que exalava um maravilhoso aroma.

— O que é isso? — perguntei.

— É o molho dos meus salgados, mas não é isso que vai aprender hoje.

Enquanto mexia, ele foi até um armário e pegou uma pequena caixinha, puxou uma corrente pendurada em seu pescoço, na qual havia uma chave, e com ela abriu a fechadura.

— Essa é...

— Minha receita de chocolate quente, meu tesouro, a única coisa que me restou.

Na cozinha vazia, seus lamentos ecoavam chegando aos meus ouvidos de modo tão deprimente que dava vontade de chorar. Uma receita, toda uma vida, e tudo que lhe sobra é um pedaço de papel riscado às pressas, palavras que davam origem à coisa mais gostosa que já havia provado. No canto do papel estava desenhado um coração e embaixo um "Eu te amo".

— Foi ela quem escreveu... Amanda — falou, notando minha atenção voltada ao coração desenhado. — Nunca escrevi como se fazer o chocolate, sabia de cor, mas ela queria uma receita, eu não soube o porquê, não consegui perguntar, ela apenas guardou...

— Senhor Félix, você está bem?

— Sim, estaria melhor se parasse de me chamar de "senhor"... — voltou a sorrir. — Aqui está, é isso que você vai fazer.

— Quer que eu aprenda a sua receita?

— Você tem que começar por algum lugar, então achei essa alternativa ótima, você não pode pôr fogo em todas as cozinhas.

Ninguém ia esquecer o acontecido.

— Vamos, pode começar.

Peguei o papel com emoção. Vasculhei toda a cozinha à procura dos ingredientes: chocolate, leite, baunilha, enquanto o senhor Félix apenas me observava; às vezes ria, outras se mostrava preocupado. Estava organizando os ingredientes sobre a bancada quando lembrei que ele havia fugido da minha pergunta sobre o faqueiro.

— Pode me contar algo sobre esse faqueiro? — perguntei.

— Claro, se parar de derramar o meu leite — disse apontando para mim.

Estava tão motivada a tirar dele alguma informação que pudesse ajudar na investigação sobre o seu filho, que não percebi a caixa de leite caída. Uma linha branca descia dela até o chão, formando um rastro por onde eu passava.

— Desculpe, eu limpo, pode deixar que eu limpo tudo.

Peguei um pano e comecei a limpar. O senhor Félix ficou sério.

— Por que tanta curiosidade? É apenas um faqueiro.

— Não sei, acho que é pelo bilhete...

— É só um presente de casamento. Recebemos dos pais de Amanda.

— Nunca falou muito sobre eles...

Comecei a derreter o chocolate conforme a receita, esperando que me contasse algo revelador.

— Mexa bem isso — falou suspirando. — Minha sogra era separada, por coincidência o ex-marido dela mudou para a sua cidade natal. Seu nome é Moacir, um bom homem; mas ela era muito fútil. Cuidado para não se queimar!

O pano que estava usando havia encostado na chama do fogão. Depressa o afastei, sem parar de mexer o chocolate. Meus braços doíam, mas não ia desistir.

— Depois da separação, ela ficou sem nada e veio morar conosco, vivendo às nossas custas, sempre reclamando porque não podíamos manter a vida que ela queria. Depois da morte de Amanda, ela rompeu todos os laços familiares comigo, só restando o vínculo com meu filho.

— Essa mulher não tem coração, como ela teria se sentido se tivessem tirado Amanda dela?

— Não posso responder, porque não tenho certeza dos sentimentos dela. Já está pronto para a próxima parte — falou ao ver meu trabalho.

Li a receita e voltei a cozinhar, ou ao menos era isso que estava tentando fazer.

Uma mulher gananciosa sem nada e sem ninguém, só com um bebê para cuidar, certamente iria atrás da única pessoa confiável, no caso, seu ex-marido. Ela havia passado pela cidade em que o ex-marido fora morar antes de sumir. Imaginei que depois de um ano, vivendo aqui, nesta cidade, ela teria percebido que não conseguiria sozinha criar o bebê. Ela precisava de dinheiro. A única pessoa que poderia saber de seu paradeiro era esse tal de Moacir, mas como encontrá-lo? Quantos homens com este nome não moram em minha cidade natal? Precisava de mais informações.

— E o senhor, quer dizer, você tem visitado seu sogro? Parece que gosta dele. Eu poderia pedir a Charles para levá-lo...

— Eu gostaria, mas não sei o endereço. Tentei contatá-lo várias vezes e nada.

Voltei a minha receita pensativa. Como encontraria este Moacir sem um endereço? Teria que bater de porta em porta e perguntar: Você é o pai da falecida Amanda e ex-marido de uma sequestradora de crianças?

— Há mais alguma coisa que queira saber?

— Qualquer coisa que queira me contar! — respondi animada.

Quem sabe não dizia um lugar importante ou mostrava uma foto. O detetive dissera "tudo é válido"; qualquer coisa que me ajudasse seria válido.

— Eu já contei que uma vez Amanda e eu fizemos um piquenique? Fomos até um bosque aqui perto e fizemos tudo como manda a tradição.

Ele contava a história com alegria e vivacidade. Em cada palavra era possível sentir o amor dele pela esposa falecida. Em momento algum houve tristeza ou dor.

— Ela decidiu passear sozinha e quando voltou trazia um animalzinho machucado no colo. Amanda resolveu que cuidaria dele, pobre criatura, quase morreu por excesso de comida. Ela parece muito com você.

— Por quê? — perguntei curiosa.

— Sua bondade, pode não saber lidar com certas pessoas, como Melissa, mas percebi que tenta ajudar. Além de ser boa e inteligente, cozinha tão mal quanto ela — riu. — Está pronto?

Olhei a receita e depois para meu chocolate. Tinha feito tudo exatamente como estava na receita, mas não estava com uma aparência muito boa.

— Acho que sim.

O senhor Félix encheu uma xícara e tomou um generoso gole. Demorou um pouco, mas fez uma careta.

— Está tão ruim assim?

— Acho que se esqueceu do açúcar...

— Açúcar?

— E deixou o chocolate queimar, fora isso acho que está tudo certo.

— Desculpe, realmente meu lugar é bem longe da cozinha, não vou mais insistir.

— Talvez seja mais seguro.

Rimos juntos.

33. Surpresa

— Agora você tem que ir embora, daqui a pouco meus clientes chegarão e eu ainda não tenho nada preparado.

— Está bem, até mais.

— Tchau.

Passei pelas mesas, depois atravessei a porta e fui até o meu apartamento pensando em como poderia encontrar aquele tal Moacir. Nada me passava pela cabeça. Talvez um cochilo ajudasse.

— Surpresa!

Meus olhos se arregalaram ao abrir a porta. Quase meia dúzia de pessoas animadas esperando por mim, mas por quê?

— Ela esqueceu — falou Cristal desapontada.

— Que dia é hoje? — perguntei confusa.

— Seu aniversário, sua estraga prazer — falou o irmão.

— Obrigada pessoal, então vamos à festa — disse envergonhada.

A festa estava linda. Mas não conseguia me concentrar. Estava com tanta coisa na cabeça que havia esquecido meu próprio aniversário. Todos pareciam se divertir. Cristal conversava com Jolie, Gabriel brincava com Catherine enquanto evitava Melissa, que eu não sabia o que estava fazendo ali; talvez fosse obra da minha mãe, que conversava com Charles, preocupada; o senhor Félix apareceu de repente e começou uma animada conversa com Vítor. Todos estavam ali.

— Algum problema filha?

De repente minha mãe estava sentada ao meu lado.

— Você não estava conversando com Charles?

— Estava, mas agora quero conversar com você. O que está acontecendo? Esqueceu o próprio aniversário!

— Não é nada, apenas umas coisas que passam na minha cabeça.

— Alguma coisa em que eu possa ajudar?

— Não se preocupe mãe, eu estou bem, são apenas bobagens.

Ela me olhou carinhosa. Sabia que eu estava mentindo, mas não insistiu no assunto.

— Por que chamou Melissa? — perguntei.

— Pareceu uma boa menina e gosta muito de você, não custa tratá-la bem.

— Não conhece Melissa, mãe, mas eu a trato bem... Só quero ver até quando Gabriel vai fazer o mesmo — ri.

Minha mãe olhou severa.

— O que estão aprontando com a pobre da menina?

— Nada dona Sofia, fique calma, é que ela gosta de Gabriel e, às vezes, Melissa pode ser um tanto irritante.

Nós duas observamos Gabriel fugindo da menina. Ela o seguia discretamente por todo o apartamento. Para todo o lugar que ele ia, ela ia atrás. Eu e minha mãe ríamos sem saber de quem ter mais pena, dela ou dele.

— Acho melhor eu ver a comida — falou dirigindo-se à cozinha.

— Por quê?

Logo descobri. Parado atrás de mim, esperando para conversar, estava Vítor, me olhando tão ternamente que senti o coração parar.

— Posso falar com você?

Senti todos à nossa volta pararem para prestar atenção.

— Claro!

Ele se sentou ao meu lado e olhou no fundo dos meus olhos.

— Acho que precisamos conversar sobre nós dois...

— Existe "nós dois"? — perguntei.

— O que você acha?

Dito isso, ele me beijou e eu retribuí sem pensar duas vezes. Ao fundo podíamos ouvir as palmas.

— Já foi mais que o suficiente, não é? — falou Gabriel.

Que constrangimento! Peguei a mão de Vítor e o levei para a varanda, o local mais reservado.

— Tem razão, precisamos conversar — falei.

— Fique comigo, perto de mim. Eu sei que posso fazê-la muito feliz.

— Essa é uma parte da sua música.

— Da sua música! Você sabe que eu a fiz para você, ela diz tudo o que sinto por você — ele seduzia.

— É complicado, você se apaixonou por mim, mas nem me conhece. Eu posso não ser quem você deseja; na verdade, mudei tanto que não me conheço mais.

— A liberdade pode mudar as pessoas, mas você sempre foi assim, só estava aprisionada...

— O que você sabe da minha prisão? Vive de uma cidade para outra, livre, fazendo o que ama.

Triste, desviei meu rosto de seu olhar para a rua. Por dias, meses, anos, ficara presa a uma conduta que só me fazia mal, ligada a valores superficiais que fizeram minha vida ser monótona e infeliz. Estava tão conformada que nunca havia parado para pensar em tudo o que estava perdendo, os dias mais floridos, as noites mais estreladas. Conseguira isso porque eu podia ser quem eu quisesse ser, eu mesma, eu havia conseguido tudo isso por que ousei amar.

— Vivi de uma cidade a outra porque estava procurando alguém.

— Quem?

— Você!

Surpresa, virei e encontrei seu olhar, sereno e sincero.

Atirei-me em seus braços e aquela confiança que me faltava apareceu. Nada mais importava, estava sendo, pelo menos por um lado, eu mesma. Havia outro lado que ainda se sentia culpado. Sentia seu corpo no meu, sua pele na minha. Seus lábios tão gentis tomaram conta dos meus.

Como dois ímãs, ficamos unidos por uma força maior, tão forte que não me deixava respirar.

— Você está bem?

— Só um pouquinho sem ar — falei tomando fôlego.

Ele envolveu minha cintura com seus braços e chegou seu rosto bem perto do meu.

— Isso quer dizer que eu posso te chamar de minha namorada? — perguntou em um tom aveludado.

Não consegui falar, me sentia intimidada, vulnerável. Apenas balancei a cabeça.

— Que bom! — continuou. — Sinto muito, mas não vou poder ficar para o parabéns, tenho uma apresentação. Vamos nos encontrar amanhã? Na minha casa?

Assenti de novo.

— Então até amanhã.

Beijou-me e foi embora.

Recuperei-me apenas instantes depois.

— Não acredito que ele me deixou aqui sozinha! — resmunguei para mim mesma. — Mas aquela voz tão...

— Ele já foi? Vocês se acertaram? — perguntou minha mãe aparecendo de repente.

Ela estava estranha, parecia meio desanimada.

— Sim, estamos namorando.

— Que bom, filha! Charles tem que ir embora, então achei que poderíamos cortar o bolo.

— Claro!

Tinha alguma coisa errada, quando eu me acertava de um lado, o outro desandava. Cantaram parabéns para mim, enquanto me perdia em devaneios. Havia muito no que pensar e o que fazer.

Quando fosse para casa de Vítor, no dia seguinte, procuraria alguma pista. A dúvida era contar para ele ou não sobre a investigação. Ele podia ficar chateado, mas não queria muitas pessoas sabendo do assunto. No momento tinha outra coisa para fazer.

— Charles, posso falar com você?

— Sim, senhorita Isabel, algum problema?

— Não, eu só queria te pedir um favor.

— Fale menina.

— Será que você consegue encontrar um tal de Moacir lá

na nossa cidade?

— Por que tanto interesse no amigo do patrão? Você nem gosta dele.

"Amigo do patrão?", uma luz acendeu dentro de mim.

— O quê? O meu... ele tem um amigo chamado Moacir?

— Sim, um grande amigo, inclusive.

Não podia ser verdade.

— Você tem certeza Charles? E sabe se ele é separado ou tem uma filha chamada Amanda?

— Espere aí... Amanda não é o nome da falecida esposa do Félix?

— É, mas é só coincidência...

— Coincidência? Você não me engana, o que está aprontando?

"Eu não engano ninguém. Por que não sei mentir?", pensei desolada.

— Charles, eu preciso que você confie em mim e que mantenha segredo sobre este assunto. Eu preciso dessa informação, por favor.

— Tudo bem, seja lá o que estiver fazendo eu vou ajudar.

— Obrigada.

34. Memórias revividas

Todos foram embora, deixando, como sempre, uma bagunça para arrumar.

— Mãe, está tudo bem? É a terceira vez que você está lavando o mesmo prato. Algum problema?

— Não, está tudo bem, não precisa se preocupar.

"O que será que está acontecendo com minha mãe?", pensei. Sua expressão não saía da minha cabeça. Havia algo errado. Fui até o quarto de Gabriel.

— Você sabe por que a mamãe está triste?

— Ela está triste? Por quê?

— Como você está atento ao mundo ao seu redor, mano — falei ironicamente.

— Isa, por favor... Como você quer que eu preste atenção em alguma coisa com Cristal e Melissa perto de mim? Mas mamãe está mal mesmo?

— Ela tenta fingir, mas eu tenho certeza que tem alguma coisa errada.

— Você já parou para pensar que ela pode só estar cansada e que não tem nada de errado?

— Mas tem algo errado!

— Como pode ter tanta certeza?

— Intuição feminina.

— Meu sexto sentido diz que você está errada.

— Vamos ver?

— Agora...

Saímos em direção ao quarto, onde minha mãe descansava. Estávamos dividindo o mesmo quarto.

— Mãe, você está bem?

— Claro que ela está bem.

— Eu já disse que tem algo errado...

— Por que estão brigando?

— Mãe?! — falamos juntos.

Os cabelos de minha mãe desciam pelas costas. Era como se eu estivesse vendo mais uma fotografia de sua adolescência. O rubor em sua pele a deixava alguns anos mais nova. Parecia estar de volta ao passado, em uma pequena vila, onde uma menina livre corria contra o vento.

— Você soltou o cabelo...

— É, estava cansada daquela trança apertada, que saudade dessa sensação...

— Mãe... — falou Gabriel, os olhos arregalados de surpresa — Você está...

— Linda! — interrompi com uma cotovelada.

— Ai! — resmungou. — Eu não disse que ela estava bem?

— Mas eu tenho certeza que tinha algo errado...

— Por que não admite logo que estava enganada?

— Eu não me enganei! Mãe, você está bem?

— Na verdade eu estava um pouco tensa...

— Eu falei que tinha algo errado!

— Você falou em tristeza, não em tensão...

— Mas os dois são causados por algo errado...

— Isso é pretexto...

— Parem vocês dois!

— Desculpe, mãe... O que a deixou tensa?

Sabia que havia algo errado, o instinto feminino não errava. Pobre mamãe, com problemas e eu brigando por bobeira com meu irmão.

— Charles me entregou isso. É de seu pai, Gabriel.

— Ele escreveu uma carta? — perguntei incrédula. — E você leu? Deveria ter queimado, é o que merecia...

— Isa, ele ainda é meu pai.

— Desculpe Gabe, é que esse homem destruiu a minha vida...

— Mas ele a criou...

— Ele matou um homem!

— Não foi ele!

— Você está do lado dele? — perguntei quase chorando.

— Não! — suspirou. — Mas é difícil, é muito difícil descobrir as atrocidades cometidas por seu pai. Para você é mais fácil, não é filha dele, não carrega o seu sangue...

— Filho... — falou minha mãe abraçando-o longamente — Você não é como ele, você é bom, não precisa se preocupar com o que seu pai é. Sempre estaremos com você.

Eu sorri para afirmar o que ela havia dito. Nunca tinha parado para pensar em Gabriel, em como ele estaria se sentindo com tudo aquilo. Achei que era a única vítima dessa história, mas não era.

— Posso ler a carta mãe? — perguntei curiosa.

— Aqui.

Ela me entregou a carta com uma caligrafia familiar.

Sofia,

Vou ser breve, pois você já me conhece há tempo e não sou de ficar de conversa.

Você quebrou o nosso trato. Não deveria ter contado nada a Isabel, ela não tem culpa de seu passado indecente. Ordeno que não influencie minha filha, porque um dia ela vai perceber que tudo que fiz foi para o bem dela e irá me perdoar.

Quanto à separação, não a aceito, está presa a mim querendo ou não. Nunca correrei atrás de você, então não me espere, e quando resolver vir até mim, não pense que será perdoada tão facilmente.

Isso é tudo. Você é minha maior vergonha.

De seu marido.

— Mamãe, porque está tão feliz? Ele não aceitou a separação.

— Na carta, ele diz que nunca vai correr atrás de mim e eu também não o procurarei mais, então estou livre outra vez.

— É tão bom te ver assim, feliz e aberta à vida.

— Agora vou ter que cuidar das duas — reclamou Gabe. — Não saia de casa sem mim, entendeu? Os homens de hoje em dia...

— Gabriel!

— Verdade mãe, já se olhou no espelho?

Ela admirou seu reflexo no espelho e uma lágrima escorreu de seus olhos de pura emoção. Ela tocou a face e depois o espelho, abrindo um enorme sorriso.

— Uma vida...

— Demorou mamãe, mas ela está aí, de volta para você.

Dona Sofia se virou e abraçou os filhos, agradecendo aquele abraço que só existe entre mãe e filhos.

— Que tal sairmos amanhã, só nós três, para almoçar? — convidou minha mãe.

— Amanhã? Tenho compromisso...

— Com quem? — quis saber minha mãe.

— Deixe adivinhar.... Será com o Vítor? — falou Gabriel.

— É.

Beijei meu irmão e fui dormir.

35. Impossibilidade real

— Você veio!

— Eu disse que viria.

— É que estava tão zonza que não tive certeza se você sabia o que estava dizendo.

— Você é muito engraçadinho.

— Você acha?

Ele me pegou pela cintura e fechou a porta atrás de nós. Enquanto nos beijávamos, eu acariciava a sua nuca.

— Venha, tenho uma surpresa para você.

Puxou-me por toda a casa e reparei que estava bem arrumada.

— Você arrumou suas coisas!

— Você reparou? — perguntou fingindo constrangimento.
— Não era essa a surpresa.

Conduziu-me até a cozinha. Lá a mesa estava posta, um café da manhã perfeito. No meio da mesa havia um vaso com um buquê de rosas. Ele retirou uma e me entregou.

— Senhorita, sente-se, por favor.

Sentei olhando para a comida que parecia saborosa.

— Você cozinhou?

— Não exatamente, Félix me ajudou.

— Ajudou?

— Tudo bem, ele fez tudo sozinho.

— Sabia... — comentei, rindo. A comida estava maravilhosa. O senhor Félix era um ótimo cozinheiro.

— Eu preciso aprender a cozinhar como o senhor Félix...

— Se você não colocar fogo na cozinha já será um grande avanço...

— Engraçadinho...

— Sabia que eu te amo? — perguntou com a voz aveludada.

— Não — sussurrei.

— Eu te amo... Muito.

Um arrepio subiu pelas costas. Sentia-me derreter em seus braços, suas palavras acariciavam minha pele enquanto via o mundo girar.

— Você está bem? — continuou com aquela voz sedutora.

— Não sei.

— Tem certeza que não sabe? — falou beijando meu pescoço

— Acho que... estou ótima.

As palavras saíam inconscientemente. Não sabia o que estava fazendo. Ele tinha poder sobre mim.

— Desculpe por ontem, você entende, não é?

Ontem? Ele tinha me deixado sozinha na festa do meu aniversário para fazer uma apresentação. O comentário me libertou do transe e de seus braços.

— Claro que eu não entendo!

— Mas...

— Estou brincando, você fica lindo assustado...

— É? Você quer brincar?

— Vítor, o que você vai fazer?

Ele se levantou e caminhou lenta e ameaçadoramente em minha direção. Quando eu menos esperava, ele me segurou e começou a fazer cócegas. Eu ria freneticamente enquanto tentava escapar de suas garras. Em um momento de descuido, escapei e saí correndo, ouvindo seus passos rápidos logo atrás de mim. Ele me alcançou e encostou-me contra a parede.

— Pare, por favor — pedi ainda rindo.

— Você não gosta de cócegas? — falou com aquela voz assustadora.

— Por que você faz essa voz? — perguntei com um suspiro.

— Por quê? Você também não gosta? — falou chegando mais perto.

Meu coração acelerava à medida em que ele se aproximava. Senti o seu perfume e meus joelhos tremiam desequilibrados. O beijo foi intenso, aos poucos abri os olhos e vi uma pequena escada. Afastei-me um pouco de Vítor para enxergá-la melhor.

— O que é aquilo? — perguntei.

— É a escada para o sótão — falou tentando se aproximar outra vez. — Há algumas coisas velhas do antigo proprietário.

— Ah! — comentei tentando não mostrar meu interesse.

O antigo proprietário... uma sequestradora. Eu tinha que subir e ver o que havia naquele sótão.

— Está tudo bem com você?

— Claro! Vamos voltar para a sala? Quero ouvi-lo tocar piano.

— Está tudo bem, eu só vou até o quarto pegar algumas partituras e já volto.

Era o momento. Assim que ele entrou no quarto, subi os poucos degraus que me levariam ao sótão. Era um local escuro e sombrio. Em tudo tinha uma grossa camada de poeira. Procurei um interruptor, mas não havia luz.

Encontrei um baú e o abri. Lá dentro estava um carrinho de madeira, um brinquedo do menino com toda certeza. Olhando atentamente, vi que tinha algo escrito na lateral, um nome: Alan.

— Então foi esse o nome que a avó havia dado ao menino... Tem que ter mais alguma coisa por aqui.

Remexi mais fundo no baú, havia vários papéis velhos, sem

importância, mas um panfleto me chamou atenção, porque nele havia um roteiro de viagem.

— Isabel, onde você está?

— Agora não — murmurei.

Memorizei onde havia deixado o panfleto e desci a escada do mesmo modo que a subi, correndo.

— Você estava no sótão? Fazendo o quê?

— Nada, só curiosidade — respondi, o que de certa forma não era uma mentira.

— Tudo bem, encontrou algo interessante?

— Não — menti.

— Venha, vou tocar para você.

Ele me puxou até a sala e eu sentei no sofá, que ainda estava sendo usado como uma cama. Ele se arrumou em frente ao piano e logo seus dedos caminharam ágeis sob as teclas, conseguindo uma melodia doce e inspiradora.

Passamos o dia assim, entre beijos e carinhos. Ele tocando e eu escutando, fascinada, cada música com sua particularidade. Cada instrumento com a sua beleza. E nós dois unidos por um amor inexplicável.

36. Todos a favor

— Que bom que se acertaram! — falou o senhor Félix.

Estava em sua cozinha fazendo companhia a ele enquanto preparava o café da manhã.

— É.

— Seu "é" não foi muito convincente, algum problema?

— Um lado de mim está pulando de alegria, mas o outro está se sentido uma traidora por...

— Pare! Diga-me, o que você fez de errado? Nada. Isabel não jogue a sua vida fora. Olhe para você, ainda é nova, tem direito de ser feliz.

Isso não me consolou muito e ele percebeu.

— Quando Amanda morreu, eu pensei que fosse morrer de tanta tristeza. Eu até queria que isso acontecesse, mas esperava e continuava, com um buraco no peito que até hoje está aqui. Eu tenho certeza de que vou morrer com ele, porque quando ela se foi, um pedaço de mim foi com ela, entende? Isso é uma coisa que não vai mudar, mas a vida muda e você não pode ficar parada, esperando que a morte a leve. Se você não sabe quando vai acontecer, por que não passar seus dias felizes? É isso que eles gostariam que fizéssemos. Pense e se coloque no lugar dele, o que você iria querer, já que o ama?

— Iria querer que fosse feliz, mas esse é o problema, eu o amo de corpo e alma e não sei...

— Desde quando podemos amar só uma pessoa ao mesmo tempo? Faça as contas, quantas pessoas você ama ou quer bem?

— Mas com Luiz e Vítor é diferente, eu os amo como homens da minha vida...

— Um não pode mais ser o homem da sua vida. A minha única pergunta é: E agora o que você vai fazer?

— Não sei... Na verdade eu sei, vou ficar com Vítor, convivendo com a culpa da traição.

O senhor Félix não disse nada. Decidi ir para o meu apartamento.

— Já vou indo, até amanhã.

— Pense no que conversamos...

— Vou pensar.

De repente tive uma ideia.

— Alan.

— O que disse? — perguntou ele.

— Alan, apenas um nome que me veio à cabeça... Conhece algum Alan?

— Alan? Belo nome. Mas não conheço ninguém com esse nome.

– É muito bonito.

"É o nome do seu filho, meu amigo. Eu prometo que vou encontrá-lo, nem que leve toda a vida!", desejei do fundo do meu coração.

— Estava no café? — perguntou Cristal assim que entrei em casa.

— Sim.

— E como está Félix?

— Bem.

— Estamos pensando em ir até lá, na apresentação de amanhã.

Aquela conversa não estava muito animadora.

— De quem?

— Do seu namorado.

Cristal me olhava como se eu fosse sair pulando e gritando de felicidade. Desde o começo ela havia feito de tudo para que esse relacionamento desse certo. Já era de se esperar que ela estivesse feliz.

— Então, vai conosco?

— Quem vai?

— Todos os residentes.

— Isso inclui Gabriel?

— Sim, inclui seu irmão, por sorte ele me largou.

— Verdade?

— Parcialmente, continua me olhando, mas pelo menos fica quieto.

Dei um sorriso sem graça.

— Algum problema?

— Não, só muita coisa na cabeça...

— Algo para dividir com a sua amiga?

— Você vai ficar brava comigo...

— Como pode ter tanta certeza?

— Intuição feminina; e não duvide, porque sempre dá certo.

— Experimente!

Respirei bem fundo e comecei.

— É sobre Luiz, eu sinto que o estou traindo...

— Não, por favor... Agora que você e Vítor estão bem, vai ficar com dor na consciência?

— Eu não posso evitar, se você tivesse sentindo a dor que eu vivi, não pensaria assim.

— O que aconteceu com "todas as feridas de amor doem do mesmo modo"?

Sentei ao seu lado para pensar. Eu sabia que ela também tinha perdido um amor, mas diferente do senhor Félix, ela não conseguia entender minha dor.

— Eu acredito nisso, mas por que você não entende?

Cristal baixou a cabeça e vi uma lágrima brotar no canto de seu olho.

— É que já faz tanto tempo, que eu esqueci o quanto dói, sabe? Eu não pude sofrer, tinha uma filha para cuidar, não tive tempo de sentir falta dele. Mas lembro dos momentos em que ficava sozinha, doía muito; mas, mesmo assim, isso não pode continuar por toda a vida. Tudo passa, as coisas boas e ruins. Então não perca tempo e seja feliz!

— Obrigada.

Beijei-a e fui para a cozinha, deixando-a sozinha para que pudesse chorar sem testemunha. Sentei no chão ao lado da porta, sabia que ela não choraria na minha frente, mas era preciso desabafar. Pude ouvir seu choro, seus soluços. Todas as feridas de amor doíam muito, talvez tivesse algum motivo para amor rimar com dor.

— Cristal, você está bem? Está chorando.

Ouvia Gabriel e tive medo de ele piorar as coisas. Fui até a sala para ver o que estava acontecendo e impedir meu irmão de fazer uma besteira. Cristal deixava-se abraçar por Gabriel, para logo desculpar-se e correr para o quarto.

— Mas o que foi que eu fiz dessa vez? — perguntou Gabriel. — Elogio, não gosta, tento agradar, ignora, ofereço um ombro amigo, sai correndo. Quem entende as mulheres?

— Eu também não sei... — sussurrei.

Fui para o meu quarto, cansada. Lá estava minha mãe, contorcendo-se na tentativa de fechar o zíper do vestido.

— Quer ajuda?

— Adoraria.

Ela estava toda arrumada, com seus costumeiros vestidos longos e os cabelos soltos.

— Vai sair?

— Eu e seu irmão resolvemos sair para jantar, aproveitar e conhecer a cidade. Quer vir conosco?

— Não mãe, obrigada, acho que vou deitar e dormir.

— Alguma coisa errada? Eu a conheço desde que nasceu, me conte o que se passa nessa cabecinha!

— Sinto-me culpada, como se estivesse traindo Luiz com Vítor.

— Filha...

Ela se sentou ao meu lado na cama e me abraçou forte.

— Você passou por muitas coisas, algumas dolorosas demais para uma menina de vinte anos, mas não complique a sua vida.

— Como assim?

— Você ama o Vítor?

— Sim.

— Você ama o Luiz?

— Também.

— Então qual é o problema? A realidade é que Luiz se foi e até as viúvas têm o direito de amar outra vez. Se o segundo amor for tão grande quanto o primeiro, o que há de errado?

— Nada, é o que todos estão falando, mas aqui dentro, eu não sei o que fazer.

— Seja feliz!

Feliz. Todos os conselhos que havia recebido tinham essa palavra. Então deve ser esse o segredo, ser feliz. Mas como calar a voz que me atormentava?

— Vamos, mãe? Isa? — interrompeu Gabriel.

— Não, vou dormir, estou com dor de cabeça. Obrigada.

— Você está bem?

— Estou, é só excesso de conselhos. Divirtam-se!

— Está bem, boa noite.

37. Anjo da guarda

— Como está escuro aqui.

Não sabia onde estava. Não conseguia enxergar nada, estava mergulhada em uma escuridão sem fim. Uma luz surgiu no horizonte como o sol nascente, porém mais brilhante. Fechei os olhos por causa da iluminação repentina. Agora estava tudo branco, não diferenciava o chão do teto, parecia tudo uma coisa só. Algo caminhava em minha direção, misturando-se à claridade parecia um anjo.

Seu cabelo e olhos pretos se destacavam na claridade. Estava como no último sonho, nada havia mudado, o que era mais triste.

— Fale comigo hoje!

Ele abriu um imenso sorriso.

— Sim.

Abracei-o forte para que nunca saísse de perto de mim, mas então comecei a pensar em Vítor e a culpa aumentou em meu coração.

— Algum problema?

— Na verdade vários... Meu pai....

— Eu sei.

— Como?

— Estou todos os dias com você.

Eu não conseguia entender. Ele sentou-se no vazio e me convidou a fazer o mesmo. Por um momento pensei que ele tivesse enlouquecido, mas ele realmente queria que eu me sentasse. Acomodei-me ao seu lado, num grande sofá branco. A claridade impedia que enxergasse com exatidão o ambiente.

— Você está comigo todos os dias? Eu...

— Em seu coração. Sei tudo o que acontece com você. Estamos ligados, do mesmo modo como estou no seu, você está no meu coração.

— Você sabe tudo o que acontece comigo?

— Sim. As brigas com seu pai, os conselhos ao seu irmão, os encontros com Vítor...

Seu sorriso intensificou-se.

— Você nunca me traiu... — falou lendo a minha mente — e nunca trairá nosso amor. Ele vai durar pela eternidade, é a nossa história. Mas precisa refazer sua vida para que nossa história continue viva.

Ele segurou uma de minhas mãos e acariciou meu rosto.

— Deixe que eu viva através da nossa história de amor. Tudo o que nos resta são as lembranças das vidas passadas... Não sinto mais como você, não tenho sensações físicas... Sinto através de você, do que vivemos....

— Você está morto, sinto a sua falta. Quero estar com você!

— Você está e estará sempre. Depende apenas de você.

— Mas...

— Essa é a última vez que vai me ver.

— Por quê?

— Preciso, pela última vez, pedir que deixe nossa história continuar viva através de outra pessoa. Mantenha nossa história de amor e todas as outras vivas... Sempre estarei com você, o amor é nosso elo, nossa ligação. O amor que transcende vida... e morte. Este é o verdadeiro amor. Aquele que deixa livre e quer a felicidade, sempre...

Senti uma brisa leve e uma imensa sensação de paz. Luiz apertou minha mão.

— Boa sorte em sua busca por Alan. Está fazendo um ótimo trabalho. Um belo gesto por um amigo.

— Obrigada.

— Preciso ir...

— Espere!

Olhei mais uma vez aquele rosto tão querido, tão amado.

— Você sempre será meu anjo da guarda. Obrigada pelo seu amor... além da vida.

Acordei. A escuridão reinava no quarto. Deixei uma lágrima escorrer de saudade... Sabia que passara por uma experiência maravilhosa: o encontro de dois mundos ligados pelo amor verdadeiro.

— Eu sinto você ao meu lado — sussurrei para o vazio.

38. Carta guardanapo

— Bom dia, belezinha! A dor de cabeça passou, filha?

— Sim, estou ótima. Que horas são? — perguntei entre bocejos.

— Onze horas.

— Onze?

Levantei depressa e fui direto para o banho.

— Quer que eu peça para Cristal preparar seu desjejum ou vai comer apenas no almoço? — gritou ela da porta.

— Não se preocupe, eu me cuido direitinho. Como foi ontem? — gritei para que ela pudesse me ouvir.

— Conto depois. Eu e Catherine estamos indo para a escola. É o meu primeiro dia como professora.

— É hoje? — falei tirando a cabeça do box. — Eu havia esquecido. Boa sorte!

— Obrigada, mas volte para o banho que está molhando todo o chão.

Deixei a água massagear meus ombros. Estava muito agitada, queria me movimentar. Vesti-me e fui para a floricultura da Jolie.

— Bom dia!

— Bom dia, quanta alegria! Algum acontecimento especial?

— Não, é só um dia feliz. O que você tem de novo?

— Não chegou muita coisa, sua mãe veio no dia do seu aniversário e levou várias flores.

— Eu sei, o apartamento está todo perfumado. Mas não tem nada novo?

— Tem essa orquídea, linda não é? Chegou ontem.

— Bonita, mas meu hibisco é mais.

— Tem quem não goste...

— Mas eu sei que não é o seu caso. Eu vou levar a orquídea.

Despedi-me de Jolie e voltei para casa com a nova planta.

— Como você está hoje? — perguntou Cristal.

— Eu te faço a mesma pergunta.

— Bem, de volta ao normal.

— Que bom, também estou ótima.

— Por que está tão feliz?

— Pensei que era isso que todos queriam... que eu fosse feliz.

— Claro que é, mas foi tão repentino!

— É verdade. Mas estou muito bem.

— Viva!

Nada estragaria o meu humor, nem as ironias de minha amiga.

— Olá meninas, o que vamos ter hoje para o almoço? — perguntou Gabriel.

— Nada! — respondeu Cristal brava. — Alguém esqueceu de ir ao mercado.

— Não era a vez de Gabriel fazer as compras essa semana?

— Era — respondeu Cristal.

— Eu esqueci — falou envergonhado. — E agora, o que vamos comer?

— Já que você esqueceu, acho que nada mais justo do que irmos almoçar em um restaurante por sua conta — sugeri.

— Nada mais justo. Vamos então?

— Claro.

Fomos a um restaurante próximo.

— Escondam-me! — pediu Gabriel logo após sentarmos.

— O que foi? — quis saber.

— Não acredito que ela está aqui!

— Ela quem? Melissa?

Melissa e a família estavam sentadas algumas mesas afastadas de nós. Era a primeira vez que via seu pai. Ele era alto, magro e bonito. Pela primeira vez percebi o que meu p..., o marido de minha mãe, queria dizer naquele dia. Ele tinha razão. O homem olhava as garçonetes sem se importar com a presença da esposa e da filha ao seu lado.

— Que homem indecente! — falou Cristal.

— Eu acho que ela me viu.

— E qual é o problema? Estamos em um restaurante cheio de gente. O que ela poderia fazer?

— Ela me assusta.

— Com o pai e a mãe que tem, não me surpreende que a menina seja assim... diferente. Tão inocente, pobrezinha, será que não repara que o pai dela é um...

— A menina daquela mesa mandou entregar — interrompeu uma das garçonetes.

Cristal interrompeu sua observação sobre o caráter do vizinho para prestar atenção no guardanapo dobrado entregue a Gabriel. Nós estávamos curiosas. Ele olhou para a mesa de Melissa e ela deu uma piscadela. Gabriel devolveu com um sorriso falso. Estava visivelmente contrariado.

— É só um bilhetinho, coisa de menina — explicou Cristal.

Gabe abriu o guardanapo, leu e o deixou cair sobre a mesa. Peguei o guardanapo e junto com Cristal lemos o bilhete.

Oi,

Sinto muito seu relacionamento com Cristal não ter dado certo. Eu diria que você merece mais. Na verdade, eu não sinto muito, porque agora o caminho está livre. Poderíamos marcar um encontro? Eu também estou solteira, sabia?

Não sei se já te disseram, mas você é bem forte e alto, bonito e... perfeito. Sei que Sab adoraria que namorássemos, somos boas amigas... depois conversamos.

S2 beijos S2

Melissa.

Abaixo do texto, havia um grande coração com a inscrição: Gabriel e Melissa.

— Que menina! "Você merece mais". Será que ela pensa que é muito mais do que eu? Se ela vier até aqui... Não, eu vou até lá tirar algumas satisfações...

— Não — falei segurando-a. — Acalme-se, por favor!

Gabriel recuperou a fala e a expressão do rosto assim que terminamos de ler.

— Quem é Sab? — perguntou ele.

— Sou eu. Não vamos comentar mais esse guardanapo, por favor.

— Já esqueci.

— Certo — concordou Cristal brava.

Nossa comida chegou quando eles estavam saindo do restaurante. Ao sair, Melissa mandou um tchau acompanhado por um beijo, que Gabriel recebeu sem graça.

— Você sabe que assim ela vai criar falsas esperanças — falou Cristal.

— Eu sei, mas quem disse que são falsas? Eu posso estar gostando dela também — falou tentando provocar ciúme em Cristal.

— Não parece... Sempre que a vê quer se esconder! — concluiu calma.

— Está bem, mas o que você quer que eu faça? Ignorá-la é pior. Experiência própria — disse encarando Cristal, que o ignorou.

Voltamos para casa. Quando mamãe e Catherine chegaram, estavam cheias de histórias para contar. Ficamos até a hora de ir para a apresentação.

Nossa mesa estava reservada e Vítor já estava no palco com seu violão. Era a primeira vez que assistia sua apresentação como namorada oficial, olhando-o nos olhos, sem constrangimento. Suas músicas eram lindas e emocionantes. A noite passou rápida.

— Senhoras e senhores eu gostaria de apresentar, aqui no palco, uma pessoa muito especial para mim, a mulher da minha vida, Isabel.

— Vá lá! — encorajava cristal, já no final da apresentação.

Eu não conseguia mexer um só músculo. Balançava a cabeça negativamente. Vítor, percebendo minha reação, desceu do palco, caminhou em minha direção e me estendeu a mão.

— Venha!

— Não consigo — sussurrei.

Então ele me pegou no colo e me levou até o palco.

— O que está fazendo? — perguntei com um sorriso amarelo.

— Apresentando você ao público.

— Por quê?

Ele não respondeu, me beijou e toda a vergonha foi embora.

39. Provação de um amor

— Não acredito que ele fez aquilo! — falou Gabriel quando chegamos em casa.

— Você está morrendo de ciúme — retrucou Cristal, pegando Catherine no colo de Gabriel.

Minha mãe se despediu e foi dormir. Gabriel esperou o barulho da porta fechando para se aproximar de Cristal.

— Eu não teria ciúme se fossemos nós dois naquele palco...

— Vou colocar Catherine para dormir, por favor, tentem não gritar — pedi, pegando Catherine.

— Mamãe, não brigue com ele — resmungou Catherine, sonolenta.

A menina desceu de meu colo, saiu correndo e pulou no colo de Gabriel, abrindo os braços para protegê-lo. Percebi a tristeza no rosto de Cristal, que abriu a boca para falar algo, mas desistiu.

— Parece que conseguiu conquistar minha filha — falou deprimida, seguindo em direção a seu quarto.

— Pode ser, mas ainda espero pela mãe — sussurrou também triste.

Por um momento Cristal parou, mas logo seguiu até o quarto, onde se trancou. Gabriel estava apaixonado por Cristal, mas em seus olhos via-se a tristeza pelo amor não correspondido.

— Cristal, eu não queria colocar sua filha contra você, por favor, abra a porta, vamos conversar. Onde Catherine vai dormir? — suplicava Gabriel diante da porta trancada.

Segui para o quarto, decidida a interferir naquela situação. A porta se abriu, Cristal pegou sua filha e ambas trancaram-se no cômodo diante de um Gabriel sem reação.

— Cristal?! — sussurrou Gabriel.

Ele escorregou lentamente até sentar o chão, escondendo o rosto entre as mãos. Vê-lo assim era deprimente. O grande e conquistador Gabriel estava caído.. Aproximei-me e sentei ao seu lado. Ficamos assim, lado a lado, durante um bom tempo.

— Amanhã tudo vai melhorar, você vai ver! Os dois estão de cabeça quente, amanhã estarão mais calmos...

— Amanhã não vai mudar nada, por que eu sou tão burro?

— Você não é burro...

— Sou sim, em pensar que teria chances com ela.

Eu sabia como ele estava se sentindo. Antes de conhecer Luiz, tinha sofrido algumas desilusões amorosas. Não era algo insuportável, porque eu não amara nenhum deles. Mas Gabriel estava sofrendo, não era um fora que estava recebendo, era muito mais do que isto.

— Desde o primeiro momento em que a vi, ela não me sai da cabeça, noites acordado pensando nela, dias sonhando com o seu amor... Mas nada que eu faço dá certo, nada é bom o suficiente para conquistá-la.

— Você já parou para pensar que pode estar seguindo o caminho errado da conquista? Eu acredito em você, sei que gosta dela...

Gabriel encarou-me ofendido.

— Eu a amo — corrigiu. — E por que agora decidiu acreditar em mim?

— Porque você mudou e isso faz toda a diferença. Você se importa com ela e também se importa com o que é mais importante para ela, Catherine.

— Mas parece que só isso não basta para Cristal!

Eu ri. Estava tão apaixonado que não percebia o óbvio, o que estava bem a sua frente.

— "Só isso"? Isso não é pouco. O que você deveria fazer é mostrar isso a ela, entende? Mostrar a ela quem você é de verdade, o quanto ela é importante para você. Sem joguinhos de sedução e cantadas baratas!

— Ela vai rir de mim!

— Por que ela faria isso?

— Porque ela é maravilhosa, completa, perfeita...

— Acho que já entendi.

Gabriel falava com tanta paixão que seus olhos brilhavam. Seu rosto parecia se iluminar.

— Por que acha que ela vai rir? Fale de seu amor com sinceridade...

— Esse é o problema, não quero ser sincero, me expor...

— Aposto que ela ia gostar.

— A única menina com quem fui sincero desse jeito também foi a única que me dispensou, lembra?

— Foi por isso que ela terminou com você?

— Foi.

A única namorada do meu irmão que eu aprovei tinha perdido toda a credibilidade comigo. Acabar com um menino porque ele gostava dela não era um bom motivo. Fiquei com pena de Gabe.

— Eu tentei, mas não tenho chances — concluiu em tom triste e cansado. — O que eu fiz de errado? — perguntou quase gritando. — Tentei conquistá-la, mas Cristal parece uma fortaleza impenetrável e isso me faz querê-la mais.

— E você acha que gostar dela é errado?

— Não. Cristal é uma grande mulher e merece ser amada. Meu único erro foi querer forçá-la a gostar de mim.

Gabriel tremia de emoção. Encostados na porta, ouvimos um soluço do outro lado.

— Gabriel, prove-me que ama Cristal.

Ele me olhou como se eu estivesse insana.

— Pensei que acreditasse em mim.

— Acredito, só quero que diga a ela o que sente.

Ele levantou-se e caminhou em direção ao seu quarto. Mesmo sabendo que ele tinha o triplo da minha força, tentei impedir sua fuga.

— Deixe de ser covarde! Prove a mim, a Cristal e a você que o que sente é verdadeiro!

— Você quer que eu diga o quê? Que a presença dela me faz estremecer, que perto dela me sinto um garotinho e só falo aquelas besteiras para me sentir superior? Você quer que eu diga que estar com ela é algo novo, desconhecido para mim? Sim, eu sei que ela já é uma mulher madura, mas eu tenho toda a certeza do mundo que posso fazê-la feliz!

— E por que acha isso?

— Você não ouviu nada do que eu falei? — ele gritava. — Eu sei que posso fazê-la feliz porque eu a amo! — ele respirou fundo. — Quer saber? Eu vou dormir, amanhã vai ser tão ruim quanto foi hoje — sussurrou.

Ele se trancou no quarto. Certamente estava bravo comigo, mas uma noite de sono poderia trazer as respostas que ele desejava. Voltei para o quarto de Cristal.

— Você ouviu? — sussurrei através da porta

— Ouvi — respondeu. E o silêncio voltou a reinar.

40. Ajuda necessária

No dia seguinte, estávamos todos à mesa para o café da manhã, graças à minha mãe, que fez as compras. Cristal não estava com humor muito melhor que Gabriel. Nenhum dos dois levantava o olhar para não correrem o risco de se verem.

Minha mãe não sabia o que havia acontecido. Preferi não contar nada. Catherine parecia que iria chorar a qualquer momento. Nos últimos dias, entre ela e Gabriel havia nascido um forte vínculo. Dias atrás, o chamara de pai. Gabriel apenas sorrira. Catherine havia ficado tão envergonhada que nunca mais cometeu esse erro.

— Por que vocês brigam tanto? — perguntou a menina aos berros correndo para o quarto.

— Catherine?! — estranhou Cristal, correndo ao encontro da filha com Gabriel logo atrás.

— Pobre Catherine. Já estamos todos cansados dessas brigas, mas pode escrever, eles ainda vão ficar juntos — sentenciou mamãe.

Dizendo isso, começou a arrumar a cozinha esquecendo a minha presença.

O que mais poderia fazer para ajudá-los? Pensando em qual seria o próximo passo , ouvi batidas na porta. Era Charles.

— Trouxe a informação...

— Psiu! Mãe, estou indo até o café, está bem?

— Claro, mande um alô ao Félix por mim.

Ansiosa por novas pistas, puxei Charles escada abaixo, atravessando a rua e entrando no café, onde o senhor Félix estava ocupado demais para nos interromper.

— Agora pode falar, mas baixo.

Charles estranhou tamanha preocupação, mas atendeu ao meu pedido sem questionar.

— Consegui as informações que me pediu.

Ele pegou uma pasta e a colocou sobre a mesa. A pasta continha fichas e listas, todas com a letra M.

— O senhor Moacir, amigo do patrão, não pode ser quem está procurando.

Por um momento a minha esperança foi abalada.

— Ele é casado e tem dois filhos, um homem de trinta anos e uma mulher de vinte e quatro, nada de separação ou filha chamada Amanda — fez uma pausa. — Mas fui até a prefeitura e peguei a lista de todos os moradores com a letra M, está tudo aí — finalizou.

Peguei-a com a esperança renovada. Papéis e mais papéis com nomes, endereços, entre outras informações. Tudo o que eu precisava. Uma onda de felicidade tomou conta de mim.

— Obrigada — falei, apertando sua mão.

— Precisa de mais alguma coisa? — perguntou disposto a ajudar.

— Quero resolver isso logo, pode vir me buscar amanhã bem cedo?

— Claro, será um prazer ajudá-la — disse sorrindo.

— Obrigada por tanta dedicação. Só não aproveito a carona hoje porque tenho que analisar esses papéis.

"Analisar esses papéis" soava meio estranho, mas eu estava gostando de bancar a detetive.

— Precisa de ajuda?

Senti nele uma vontade até exagerada de ajudar. Com certeza o seu patrão não sabia da presença dele ali. Para o seu próprio bem devia voltar o quanto antes.

— Não precisa trabalhar? — perguntei.

Seu olhar ficou triste e distante.

— O patrão me demitiu.

— Ele o quê? — falei engasgada.

Era impossível. Charles trabalhava para a família desde quando eu era uma garotinha e sempre havia feito um ótimo trabalho. Era o único empregado por quem aquele homem sentia algum tipo de apego. Como podia demiti-lo?

— Ele me demitiu, pois disse que eu era mais leal a vocês do que a ele, então me dispensou, com um grande auxílio financeiro, mas o fato é que estou desempregado...

— Mas não faz sentido, como pôde fazer isso com você?

Senti remorso, pois ele fora despedido por causa de sua amizade por nós. Mesmo que não pudesse ter feito nada em relação a isso, não deixava de me sentir culpada, embora a culpa fosse, exclusivamente, daquele homem.

— Se não posso mais ser útil, me despeço. Até amanhã.

Melancolicamente ele levantou e se arrastou até a porta. Pela janela o vi embarcando em um carro usado. O carro preto e lustroso que costumava guiar pertencia a seu patrão. Eu podia mantê-lo ali, mas não tinha como ajudá-lo.

Teria que procurar o tal Moacir e comparar, um por um, ao homem com as poucas características que eu sabia. Peguei a primeira ficha, Maria, não era quem eu procurava. Separei todas as fichas com a identificação Moacir, eram vinte e três fichas. Realizei nova pesquisa e excluí todos os casados, reduzindo as fichas para onze.

Uma a uma, fui lendo as informações extras que as fichas forneciam. O primeiro era ruivo, o segundo separado por adultério, o terceiro era louco e residia um hospício. Fui separando e excluindo fichas na tentativa de dar mais um passo até Alan. Cinco homens possuíam grandes possibilidades de ser pai de Amanda; as características eram comuns e apenas uma ou outra era ignorada.

Fui até o balcão pedir um papel e uma caneta para copiar o endereço dos cinco suspeitos. O senhor Félix me atendeu curioso, esperando comentários da minha parte, o que não aconteceu. Voltei à mesa e me concentrei no trabalho.

Estava concentrada e não percebi que o senhor Félix se aproximava.

— O que está fazendo?

Assustada, virei a folha em que anotava os endereços e fechei a pasta para ocultar as fichas.

— Nada.

— Como nada? — falou sentando ao meu lado, me encarando desconfiado.

Eu tinha que pensar em algo.

— É uma carta para Vítor.

— Já começaram com as cartinhas de amor... E a pasta?

— São poesias que eu tirei de um livro.

— Posso ver?

— Não!

O senhor Félix me olhou espantado.

— Está nervosa por quê?

Ele sabia que estava escondendo alguma coisa, então resolvi mudar de assunto, assim não teria que mentir.

— Desculpe, é que estou preocupada. Charles foi demitido.

— Seu pai o demitiu?

Confirmei com a cabeça.

— Pobre Charles, ele está bem? Está passando por dificuldades?

— Ele disse que não, já que recebeu uma boa quantia em dinheiro, mas nada dura para sempre. Vou falar com minha mãe para ver como podemos ajudá-lo, até logo.

Com um sorriso aliviado, recolhi minhas coisas e saí, esperando meu coração se acalmar novamente. Havia sido por pouco!

41. Beijo roubado

Em casa, o clima estava pesado. Catherine com os olhos inchados, Gabriel e Cristal bravos e minha mãe afetada por toda a situação.

Discretamente chamei meu irmão até o quarto. Ele seria o único que poderia saber o que estava acontecendo.

— O que foi? — falou rude.

— Que bom humor não? — falei ironicamente. — Preciso falar com você.

Ele respirou fundo e, mais calmo, esperou que começasse a falar.

— Vou ficar fora por um tempo, uns três dias...

— Por quê? Para onde você vai? Tem a ver com o filho do Félix?

— O nome dele é Alan!

— Como você descobriu? — perguntou curioso.

— Vou atrás de alguém que sabe onde o menino está — respondi. — Mas preciso que me faça um favor.

— O quê?

— Preciso que entregue uma carta a Vítor. Eu ainda vou escrevê-la, creio que não terei tempo de vê-lo antes de partir e se ele souber não vai me deixar ir...

— Vai ficar fora sem falar com ele? Vocês acabaram de se entender...

Pensei por um minuto. Ele teria que entender, depois me resolveria com Vítor.

— Vou. No momento isso é mais importante. Depois ele verá que eu tenho razão. Não vou ficar fora por muito tempo.

Em seu olhar estava a certeza que eu arranjaria problemas com meu namorado com esse plano, mas o que eu podia fazer? Em poucos dias seria o aniversário de Alan e queria que fosse o primeiro, de muitos, que estariam juntos.

— Tudo bem, eu faço isso, mas não me responsabilizo pelas consequências. Já que ficará fora, que tal passarmos o dia no parque com a minha pequenina?

— Boa ideia! Vou escrever a carta e saímos.

Era muito bonito ver o carinho que Gabriel tinha por Catherine e o modo cuidadoso como a tratava.

Peguei um papel e uma caneta, e sentei para escrever, mas as palavras não vinham. A carta transformou-se em um bilhete, resolvi escrever o básico, sem criar história, só a pura verdade, ocultando alguns detalhes.

Querido Vítor,

Meu amor, é com dor no coração que escrevo para avisá-lo de que viajarei. Por razões que explicarei na volta, não posso revelar onde estarei ou o motivo de minha ausência. Ficarei, no máximo, três dias fora. Espero poder contar com seu amor e compreensão, pois, logo estará tudo resolvido. Espere-me, em pouco tempo estarei novamente em seus braços.

Com amor, Isabel.

Esperava que fosse o suficiente. Ele ficaria desconfiado, mas se me amasse confiaria em mim.

Catherine ficara tão alegre que era difícil perceber que havia chorado. Ela parecia uma bonequinha, com o vestidinho florido, os cabelos castanhos presos em marias-chiquinhas, deixando a mostra seu belo rosto e suas bochechas rosadas. Em seus grandes olhos claros percebia-se o carinho que sentia por Gabriel. Quando estava com ela, a parte delicada aparecia e ele agia tão cuidadosamente que até parecia o pai que Catherine nunca teve.

Cristal ainda estava com a mesma roupa que tinha acordado. Sua expressão, fechada, escondia seus sentimentos.

Discretamente caminhei até Gabriel e coloquei a carta no bolso do seu casaco.

— Então vamos? — convidei Gabriel e Catherine.

— Vamos! — gritou a menina.

Ela saiu porta afora, saltitando e cantarolando. Gabriel a seguiu para protegê-la. Cristal não mostrava nenhuma reação. Cheguei mais perto dela e sentei ao seu lado.

— Não vem conosco?

Ela me olhou.

— Não estou com vontade de sair. Quero ficar um pouco sozinha.

— Tem certeza? — insisti.

Com um suspiro ela afirmou. Havia algo mais naquela tristeza. Cristal finalmente entendeu seus sentimentos em relação a Gabriel e, certamente, percebeu que sentia o mesmo por ele. Isto a abalara ainda mais depois do que ouvira na noite anterior.

— Você gosta dele... — sussurrei.

Ela escondeu seu rosto na mão tentando esconder a verdade que estava estampada em seus olhos.

— Por que está resistindo? Você deveria ir até lá e falar com ele. Nenhum dos dois precisa continuar a sofrer — falei sorrindo.

Cristal abraçou uma almofada mostrando que não sairia do sofá. Não moveu nem um músculo.

— Quem é que está com medo de amar de novo agora? — falando isso, desci as escadas.

Resolvi não pensar no assunto e me divertir com Gabriel e Catherine. Na porta do prédio, encontrei Melissa conversando com meu irmão, pobrezinha, não tinha a menor chance.

— Gabriel, não recebi seu convite para um encontro. Vai ser surpresa?

Gabriel procurava uma resposta enquanto era encarado pelos grandes e esperançosos olhos de Melissa. Ao mesmo tempo era puxado por Catherine, que estava impaciente com aquela interrupção.

— Olá, Melissa, como vai? — interrompi, livrando meu irmão de uma situação embaraçosa.

— Ah, Sab, vou muito bem... Estava aqui tentando conquistar seu irmão — disse sem se importar com a presença dele bem ao seu lado. — É meio difícil, mas dizem que esses são os melhores. Não tem problema, sou muito persistente — falou orgulhosa.

Pude sentir o constrangimento de Gabriel. Melissa fez uma expressão, na tentativa de parecer sedutora, que a deixou parecida com um peixe. Meu irmão e eu seguramos uma careta e uma risada. Sem sucesso, ela esticou o braço para acariciar as faces dele, a mão da menina desceu pela bochecha, passando pelos lábios e parando no queixo de Gabriel, gentilmente ele deu um passo para trás, querendo deixar clara sua falta de interesse por ela. Realmente Melissa era persistente, de repente ela pulou, literalmente, contra o peito do meu irmão, enroscando seus braços atrás de sua nuca e agarrando seus cabelos.

Em um instante estavam a um metro de distância e no seguinte a menina beijava Gabriel. Com os olhos arregalados via aquela cena aterrorizada, Melissa o beijava tão desesperadamente que parecia querer devorá-lo. Olhei para Catherine que observava a cena com os olhos arregalados de medo.

Enquanto as mãos de Melissa quase arrancavam os cabelos dele, Gabriel tentava se livrar dela.

— Mudei de ideia, vou com vocês... — a voz de Cristal sumiu aos poucos.

Ela estava toda arrumada, vestida com o seu melhor vestido, com os cabelos presos do jeito que Gabriel gostava. Ao se deparar com a cena, ficou em choque e uma lágrima escorreu lentamente pela sua triste face. Ela subiu para o apartamento correndo.

— Meu cabelo... — gritou Gabriel se libertando das garras de Melissa. — Você estava me enforcando... aquela era a voz de Cristal? — perguntou.

— Falei para você não machucá-la — disse correndo atrás da minha amiga.

— Mas eu não fiz nada, a culpa é de Melissa! — gritou.

Não estava ligando para as explicações dele. O caso era que Cristal estava muito magoada e ele era a causa de sua mágoa.

Subi correndo a escada de dois em dois degraus. A porta estava escancarada, vi minha mãe confusa.

— O que aconteceu? Cristal acabou de passar aos prantos e...

— Mãe, vá lá para baixo e ajude Gabriel a lidar com Melissa, e trague Catherine para dentro, ela não precisa presenciar esta confusão.

Sem saber o que fazer, ela seguiu a minha sugestão e foi ver o que acontecia lá embaixo. Cristal estava no quarto, encolhida em um canto. Seus olhos estavam úmidos e vermelhos.

— Cristal?!

Ela não respondeu. Soluçava e tremia.

— Cristal? Não é o que você está pensando...

Ela esticou a mão para que eu parasse de falar.

— Não quero falar sobre isso — sussurrou.

— Mas... — insisti.

— Não!

Cristal estava muito triste e deprimida.

— Vou viajar amanhã — falei, tentando mudar de assunto.

— O quê? — perguntou enxugando as lágrimas — Para onde? Por quê?

Sorri ao ver sua curiosidade.

— Tenho uns assuntos para resolver, volto logo, prometo.

— Mas e como fica Vítor?

— Ele vai entender.

Ela não retrucou ou insistiu, o que era um mau sinal. Voltou a esconder o rosto entre os braços cruzados.

— Pode me dar licença? Não me sinto bem — falou.

— Claro...

Fechei a porta do quarto ouvindo seus soluços e gemidos de dor.

42. Procurando

Sem mais nada que pudesse fazer, fui arrumar minhas malas, apenas o essencial. Afinal, seria por poucos dias. Minha mãe não me deixava em paz, a cada brecha queria saber o que estava acontecendo, até que decidiu cuidar do problema maior: Cristal e Gabriel. A tristeza deles parecia capaz de destruir o apartamento.

Cheia de problemas, resolvi dormir e descansar o corpo para um dia bem agitado e, quem sabe, com grandes emoções. Acordei e Charles já me esperava. Só Catherine veio se despedir, a menina estava chorosa.

— Por que você tem que ir? — choramingou ela.

— Tenho que resolver uns assuntos. Agora me prometa que vai tentar juntar esses dois.

Um enorme sorriso surgiu em seu rosto.

— Prometo!

Coloquei-a no chão e beijei minha mãe, que parecia uma mistura de sentimentos.

— Volto logo — falei tentando alegrá-la.

Ela nada respondeu. Fui até o carro onde Charles já me esperava.

— Charles, você não trabalha mais para mim ou para ele, não precisava fazer isso.

— É uma honra poder ajudá-la, menina — disse com evidente prazer.

Durante a viagem, fomos discutindo quem se encaixaria no perfil que tinha. Não sabia o nome de solteira de Amanda, logo não sabia o sobrenome do pai dela. Andava fazendo muitas perguntas ao senhor Félix, com mais essas ficaria desconfiado, se já não estava.

O tempo passou rápido, ao chegar à cidade resolvemos que eu me hospedaria na casa de Charles.

— Fique à vontade. Não repare na casa, ela é bem humilde.

A casa era pequena, tudo muito simples, mas bem arrumado e de bom gosto. Almoçaríamos antes de começar nossa busca. A ansiedade era tamanha que eu não conseguia comer.

— Não vamos sair até você comer tudo. Eu preparei a refeição do jeito que você gosta, posso não ser Cristal, mas cozinho muito bem.

Todos adoravam a comida de Cristal. Depois de trabalhar tanto tempo em uma cantina italiana, o seu ponto forte eram as massas, seu espaguete era divino.

Sem questionar comi tudo. Se eu comesse rápido, logo sairíamos para procurar Moacir. A comida estava deliciosa. Charles era um bom cozinheiro. A situação me fez lembrar de Vítor. Todos sabiam cozinhar, menos nós. Vítor e eu formávamos um belo casal de desastres gastronômicos.

— Vamos? — perguntei sem me conter.

— Você parece uma criança ansiosa por uma tarde no parque — disse rindo.

Com um enorme sorriso entrei novamente no carro, pronta para uma aventura.

— Quem é o primeiro?

— Ele mora no centro, no prédio municipal.

— Pobre coitado, que lugar horrível para morar.

Concordei. O prédio municipal era o lugar mais barulhento de toda a cidade, passar por ali era um horror, imagine morar e estar ali dia e noite.

Ao chegarmos, Charles perguntou se deveria me acompanhar.

— Melhor não, ele pode se assustar vendo você. Uma garota pedindo informação levanta menos desconfiança.

Subi até o quinto andar e procurei pelo número 35. Encontrei uma porta mal pintada e descascando. Bati tímida e com o coração acelerado ouvi passos pesados vindo na minha direção. Com agressividade a porta foi aberta, revelando um homem alto, gordo e com tendência à calvície. Ele me encarava com raiva e eu ainda não havia dito uma palavra.

— O senhor poderia me ajudar? Estou procurando uma pessoa e gostaria de saber se...

— Vá perguntar em outro lugar, estou ocupado e não tenho interesse em ajudá-la.

Não precisei ouvir duas vezes, desci as escadas correndo e não ousei olhar para trás. Não podia ser ele! Entrei no carro, peguei uma caneta e risquei o primeiro nome do papel.

— Não era ele?

Acenei que não enquanto Charles dava a partida para o próximo Moacir.

Chegamos ao nosso destino, mas não havia ninguém na casa, ela parecia abandonada há anos. Não havia como saber se foi dele ou não. Moacir podia ter ido embora e não tínhamos como saber para onde.

— Abandonada — falei triste.

— Então, para a próxima.

Peguei a caneta e risquei mais um nome. Os outros homens moravam na parte mais afastada da cidade.

— Charles, e se não o encontrarmos?

— Não pense nisso agora, ainda temos três para procurar.

No endereço indicado, desci do carro mais confiante, fui até a porta e toquei a campainha. Quando abriram não tive tempo de ver nada, um enorme cachorro pulou em minha direção e agarrou meu braço. A mulher que me atendera chamava brava pelo cão, mas ele não obedecia.

Senti todo o meu braço arder, logo senti que algo quente escorria, era sangue. Charles veio me ajudar depressa, ele puxou o cão para afastá-lo de mim. A dona logo o segurou e, pedindo mil desculpas, entrou na casa arrastando aquela fera. A mulher retornou, ofereceu ajuda e nos tranquilizou, dizendo que o cachorro havia tomado todas as vacinas

O ferimento não era grande, mas doía e havia sangrado.

— Não devia tê-la deixado fazer isto sozinha... — lamentava Charles.

Peguei a caneta com dificuldade e risquei outro nome.

— Vamos para o próximo — falei.

— Com esse braço, o único lugar para onde vou levá-la é o hospital e depois para casa!

— Mas...

— Nada de "mas", amanhã continuaremos a procurar.

Não retruquei. Charles dirigia sério e rápido, passamos pelo hospital, onde limpamos o ferimento e fui medicada.

Voltamos para casa e fiquei relaxada. Fui dormir cedo, esperando que, assim, o tempo passasse mais rápido. Dormi mal a noite toda, ora incomodada pela dor da mordida, ora na expectativa de encontrar o tal Moacir, minha única pista até Alan.

Tomamos café e saímos bem cedo. O novo endereço ficava na periferia da cidade. Charles parou o carro e, desta vez, me acompanhou até a porta.

Um homem alto e magro nos atendeu, devia ter uns trinta anos. Ele me observou meticulosamente.

— Posso ajudar? — falou por fim.

— O senhor é Moacir? — perguntei.

— Senhor não, mas Moacir sim, ao seu dispor — falou beijando minha mão.

"É muito novo", pensei.

— Espere, eu não te conheço?

— Não — respondi.

Ele me olhou mais atentamente.

— Você não é a menina envolvida no assassinato na biblioteca?

Não respondi. Não havia pensado na possibilidade de ser reconhecida em minha cidade.

— Qual é mesmo o nome do pobre infeliz?

— Sinto muito, mas não sei do que o senhor está falando — interrompeu Charles. — Obrigado pela atenção, mas temos que ir.

Pegou-me pelo pulso e me puxou até o carro. Eu havia superado toda aquela história, mas me senti abalada ao ser reconhecida. Peguei a caneta e risquei mais um nome.

— Resta apenas um nome... — murmurei. — Se este não for o "nosso" Moacir, estará tudo acabado.

— Se não for ele, ou ele se mudou, então será difícil, mas não impossível encontrá-lo. Se ele estiver morto, aí, sim, estará tudo acabado

— Mas a lista era de todos os moradores...

— Vivos... Eles refazem a lista de dois em dois anos, ele pode ter morrido durante este intervalo de tempo.

O carro parou, saltei e desejei de toda a alma que fosse

ele. Charles, que corria atrás de mim, parou ofegante ao meu lado. Toquei a campainha e um senhor abriu a porta.

— Amanda... — falei sem pensar.

Ele me olhou confuso.

— Você conheceu minha filha?

43. Próximo passo

O suspiro de alívio foi espontâneo. Sem me conter, abracei aquele senhor que me ajudaria a levar a felicidade que senhor Félix tanto merecia. Ele, sem entender o que estava acontecendo, dava tapinhas carinhosos nas minhas costas.

— Está tudo bem com você, menina?

— Está tudo ótimo — falei, soltando-o do abraço.

Fiz um gesto positivo para Charles, que sorriu e relaxou. Assim como ele, me sentia mais leve.

— Será que poderia falar com o senhor? É muito importante.

— Claro, tenho tempo para qualquer amiga de minha filha — falou, convidando-nos para entrar.

— Aguardo no carro — disse Charles.

— Está bem — sussurrei para ele. E, voltando-me para o senhor, esclareci: — Obrigada, mas não conheci sua filha, sou amiga de seu genro.

— Félix, como está aquele rapaz? — perguntou sorrindo.

— Triste — admiti.

— Acredito que é sobre isso que quer conversar comigo. Espere só um instante.

Aguardei no hall de entrada, animada. Ele voltou um pouco ofegante e nervoso. Guiou-me até a sala de visitas, onde nos sentamos frente a frente para conversar.

— Pois bem, sobre o que quer falar?

— Não é bem falar, eu gostaria de informações que somente o senhor pode me dar.

— Parece que o assunto é sério, minha jovem — falou compreensivo.

Ele era muito sorridente, lembrava o senhor Félix. Moacir parecia um bom homem, assim como seu genro o havia descrito.

A sala era um grande quadrado com uma lareira, estantes, poltronas e sofás. Havia um enorme lustre pendurado sobre nós e, em meio a retratos, vasos e flores, algo me chamou atenção. No canto mais afastado da sala, sobre uma mesa, havia um pingente dourado, mas estava muito longe para ver os detalhes

— Posso lhe oferecer alguma coisa? Água, café, suco? — perguntou sorridente.

— Não, obrigada! Será que eu poderia fazer-lhe algumas perguntas?

— O que quer saber?

— Por que sua mulher o deixou?

Ele riu.

— Não, vejo a importância desta pergunta...

— É muito importante, eu garanto.

Moacir pareceu refletir um pouco antes de começar a falar.

— Minha esposa sempre foi muito gananciosa, fútil e não se contentava com que eu podia lhe oferecer. Acho que isso responde a sua pergunta.

— Mas, e isto? — perguntei indicando o aposento, quem morasse naquela casa com certeza teria uma boa vida. Como reclamar?

— Eu adquiri um patrimônio depois da separação, mas mesmo assim ela não voltou atrás...

— O senhor acredita que foi por causa desse patrimônio que ela voltou a procurá-lo?

— O quê?

Eu não tinha provas, estava atirando no escuro. Tinha que ir mais devagar, mas precisava saber de tudo.

— Sinto muito, não se ofenda. Estou sendo sincera e direta com o senhor, porque o senhor Félix o admira e confia em você.

Ele sorriu lisonjeado e logo voltou a me observar.

— Após a morte de sua filha, sua esposa levou algo muito importante para longe do senhor Félix, é isso que preciso encontrar, por isso preciso de sua ajuda.

— Do que, exatamente, a senhorita está falando?

— Estou falando de seu neto, Alan.

— Mas como você sabe o nome dele? Nem eu sabia até...

— Ela o procurar?

Na mosca.

— Sim, mas como...

— Senhor Moacir, meus motivos são reais. Espero que me ajude, explicando-me por que sua ex-mulher veio procurá-lo.

— Para variar veio porque precisava de dinheiro — sorriu triste. — Depois de anos sem qualquer notícia, ela veio atrás de mim, para a minha surpresa, com meu netinho no colo. Dei o dinheiro que ela precisava por amor a Alan. Ela partiu na manhã seguinte e nunca mais a vi.

— Então o senhor não sabe para onde ela foi?

Ele pareceu pensar sobre o assunto. Estava em dúvida.

— Por favor, eu preciso saber!

Com um suspiro ele se levantou e entrou em um dos cômodos do longo corredor. Estava confirmando minhas teorias: a mulher procurara o ex-marido porque precisava de dinheiro para criar o neto que havia sequestrado. Sozinha na sala, com calma, observei os poucos retratos que estavam espalhados. Reconheci o senhor Moacir e Amanda. Em algumas fotos havia uma mulher muito parecida com Amanda. Estava analisando aquela família destruída quando o senhor Moacir voltou me entregando os vários papéis que trazia.

— Aí está o mapa para onde ela foi. Eu mesmo o tracei e comprei as passagens.

Abri o mapa e percorri com os olhos o destino de minha próxima viagem. Embarcaria no próximo trem. Estava tão próxima de toda a verdade que parecia ser mentira. Eu estava a um passo de encontrar aquela mulher, ela não perdia por esperar.

— Muito obrigada — agradeci com sinceridade.

— Não há o que agradecer. Encontre-os e devolva Alan ao pai.

Já havia ficado muito tempo ali, precisava pegar um trem. Despedi-me do senhor Moacir, que me acompanhou até a porta.

— Última pergunta... — pedi. — Por que não contou ao senhor Félix sobre o paradeiro de sua ex-mulher e seu neto?

Moacir riu.

— A verdade é que ainda amo demais aquela mulher e fui fraco. Prometi não contar nada a Félix; mas minha promessa não incluía senhoritas, então... Espero assim consertar um erro baseado em minha fraqueza — concluiu com os olhos cheios de lágrimas.

— Vou encontrá-los, pode ter certeza — prometi seguindo em direção ao carro.

— Tomara que sim.

44. Auxílio

— Para onde agora, Isabel? — perguntou Charles.

— Preciso ir para casa, pegar minha mala e depois embarcar em um trem.

— Um trem? Mas para onde?

— Vamos para a sua casa, preciso pensar.

Chegamos em casa e eu não me segurava de tanta empolgação. Peguei a mala e fui direto para o carro. Na porta, Charles me interceptou. Queria explicações e não me deixaria seguir sem elas.

— O que vai acontecer agora? — perguntou.

— Agora que eu consegui o que queria, vou pegar um trem...

— Para onde?

Eu tinha pensado sobre o assunto e cheguei à conclusão de que o melhor seria Charles não saber de meu destino. Se minha mãe o interrogasse, ou Vítor, ele certamente cederia e diria sobre o meu paradeiro.

— Sinto muito, Charles, mas não posso dizer — disse segurando suas mãos. — Muito obrigada pela ajuda, mas a partir daqui tenho que seguir sozinha.

Ele refletiu um momento, nós dois sabíamos que já havia decidido o que fazer.

— Não quer comer nada? São três e meia e você está apenas com o café da manhã.

Neguei com a cabeça, sorrindo agradecida.

— Então, entre no carro, você tem que pegar um trem!

Estávamos apressados. Recebemos várias buzinadas, mas nada nos parava. Chegamos à estação em pouco tempo.

— Tem certeza do que está fazendo?

— Tenho toda a certeza! Obrigada, Charles...

— Junte pai e filho e seremos gratos a você. Boa sorte — falou depositando um beijo em minha testa.

Despedi-me animada e com medo. Corri para comprar minha passagem. Não havia nenhum trem que me levasse direto ao meu destino. Pegaria pelos menos dois trens.

A próxima refeição que teríamos era o jantar e para isso ainda faltava muito tempo. Comecei a sentir fome e quase me arrependi de não ter aceitado o convite de Charles para almoçar. Uma mulher carregando seu filho sentou-se ao meu lado. O bebê era uma graçinha. Deveria ter dois anos. Ele era moreno, com grandes olhos castanhos. Nas bochechas formavam-se duas covinhas quando ele sorria. Enquanto admirava aquela pequena e grandiosa criaturinha, meu estômago denunciava minha fome. Corei constrangida, certa de que a mulher ao meu lado havia escutado.

— Desculpe.

— Não precisa se desculpar. Sirva-se — disse estendendo um pacote de bolachas. — Quando se tem um bebê, sempre se está prevenida — falou sorrindo.

— Não precisa, obrigada. É muita bondade sua.

— Coma, não há problema, tenho o suficiente para meu filho.

Resolvi aceitar, estava morrendo de fome.

— Muito obrigada.

A bolacha disfarçou a fome.

O bebê logo adormeceu em seu refúgio, o aconchegante colo materno. Olhando para ele, naquela tranquilidade, doçura e inocência, lembrei de Catherine, dona do sorriso mais puro do mundo. Lembrar dela me deixava com saudade de casa. Mas a adrenalina da busca me enchia de esperança.

O jantar começou a ser servido. Estava com tanta fome que nem reparei no que fora servido. Com toda a movimentação, o bebê acordou e entre risos e gritos, se remexia no colo de sua mãe. A mulher mal conseguia levar o garfo à boca. O menino queria atenção e ela queria terminar o jantar.

— Quer que eu o segure enquanto janta? — perguntei vendo sua dificuldade em conciliar bebê e o prato servido.

— Muito obrigada — falou sorrindo.

Passou-me o menino, que parecia tão frágil em meus braços! Estava inquieto, se remexia todo enquanto a mãe comia constrangida. Sem jeito, o abracei firme e acariciei suas bochechas, sua pele era tão macia, ele era tão gracioso que mesmo agitado parecia um anjinho. Em pouco tempo se acalmou e começou a brincar com a minha mão.

— Você tem jeito com crianças — falou a mulher. — É nova para ser mãe, mas pretende tê-los? Seria uma ótima mãe.

— Nunca havia pensado sobre isso — admiti.

Não conseguia me imaginar mãe, com uma barriga de grávida ou uma criança no colo. A ideia até me agradava, mas ainda assim soava estranha.

— Deve estar cheia de pretendentes, se já não estiver comprometida...

— Estou namorando — confidenciei. — E espero que ainda esteja quando eu voltar.

— Eles têm que entender que também precisamos de liberdade e independência. Não somos objetos adquiridos. Por sorte me casei bem — falou pegando o bebê de meus braços. — Chegaremos em dez minutos — falou olhando o relógio.

Irritava-me a ideia de ter que pegar outro trem, mas era preciso. A dor da mordida me incomodava, descansei o braço na mesa para tentar aliviar a dor.

— O que é isso? — perguntou a mulher. — Você está sangrando!

Ela pegou meu braço e o puxou para mais perto, analisando-o. O curativo estava todo tingido de vermelho.

— O que aconteceu? — perguntou em tom preocupado semelhante ao da minha mãe.

— Mordida de cachorro — respondi.

Ela me olhava com pena, tentando, só com o desejo, curar a ferida. O trem parou na estação e nos preparávamos para a despedida. Ela iria para casa e eu comprar bilhete para meu destino final.

— Venha comigo!

Com o bebê em um braço e a mala no outro seguia, sempre olhando para trás para ver se eu a acompanhava.

— Por aqui.

Saímos da estação em direção a uma rua muito movimentada. Eu ainda tinha que pegar outro trem, não podia demorar. Ela seguiu até um carro, onde um senhor de cabelos grisalhos a aguardava.

— Papai! — falou a mulher abraçando o senhor.

— Filha, que saudade, onde está meu netinho?

Pareciam afastados há muito tempo. Sentia-me uma intrusa na intimidade alheia. Estava quase indo embora quando me notaram.

— Quem é essa jovem? — perguntou ele.

— Essa é...

— Isabel.

— Isabel que precisamos levar ao hospital, papai.

— Hospital? — repeti.

— Ela está com um ferimento horrível — continuou a mulher sem dar importância ao meu comentário.

— Vou colocar as malas lá atrás. Entrem e acomodem-se, conheço um hospital aqui perto.

Entramos no carro. Tentei argumentar que tinha que pegar outro trem, mas não me deram atenção. O carro, veloz, serpenteou o trânsito até parar na frente de um grande hospital. Descemos e logo fui atendida.

Encaminharam-me a uma sala e logo um médico sorridente veio me atender. Ele limpou o ferimento, mas desta vez foram necessários alguns pontos.

Teresa, minha nova amiga, não me deixou pagar a conta do hospital. Aceitei, embora constrangida, o presente. Não havia previsto uma viagem tão longa em minha busca por Alan. E, também não previra o atraso na viagem. Ficaria longe de casa por pelo menos mais três dias além do planejado.

— O médico disse que em alguns dias você poderá tirar os pontos! — falou ela animada.

— Que bom! Muito obrigada por tudo o que fizeram por mim. Será que poderia me dar uma carona até a estação de trem?

— O quê? Para onde você pensa que vai? Vai ficar conosco até tirar os pontos!

— Como? Desculpe-me, mas eu preciso mesmo ir. Foi muito gentil da sua parte, mas não posso ficar...

Ela entregou o filho ao avô e me guiou delicadamente de volta ao carro.

— Não tem discussão. Não vou deixá-la zanzar por aí nesse estado. Não se preocupe — falou fechando a porta.

O carro deu a partida e vi minha esperança de encontrar aquela mulher ficar mais distante. Estava me sentindo presa, mas ao mesmo tempo grata. Toda aquela agitação e a noite anterior mal dormida haviam me afetado. Estava cansada, sonolenta.

45. Estrelas escuras

Dormi a noite e o dia seguinte. Estava realmente cansada e os medicamentos ajudaram-me a relaxar.

Acordei poucas horas antes de o jantar ser serviço. Não poderia embarcar naquele dia, já estava anoitecendo. Perdera mais um dia!

Na manhã seguinte, sob o protesto da família, comuniquei durante o café que embarcaria ainda pela manhã.

— Gostaria que ficasse conosco até retirar os pontos... Não pode sair por aí, sozinha, ferida....

Sorri e a abracei, enquanto refazia a mala para mais uma viagem.

— Muito obrigada, por tudo! Obrigada por me ajuda, mesmo não me conhecendo.

— Não conhecia, mas agora sei quem você é. E, por que temos que ajudar só a quem conhecemos? Existem tantas pessoas precisando de ajuda, por que não estender a mão?

Ela tinha toda a razão. Aceitei a carona até a estação e me despedi daquela família tão maravilhosa. Esperava, um dia, revê-los.

Minha viagem estava ficando cada vez mais longa, minha mãe deveria estar muito preocupada. Ultimamente andava um pouco abatida, triste pelos cantos. Apenas durante as horas em que estava na escola, trabalhando, se animava. E Vítor, o que estaria pensando?

Ao meu lado sentou-se uma senhora com expressão triste.

— A senhora está bem? — perguntei.

Ela me olhou espantada.

— O que disse?

— A senhora está bem? — repeti.

— Sim, não se preocupe.

Foi tudo o que ela falou.

A viagem transcorria tranquila. Acabei adormecendo e

quando acordei já anoitecera e o céu estava todo estrelado. Estava mais frio que antes e havia algo diferente. Sobre meus ombros estava um casaquinho de lã que nunca havia visto antes. Levantei o corpo e analisei o casaco.

— Acordou! — falou a senhora. — É meu... — apontou para o casaco —, mas pode usar se ainda estiver com frio. Você estava tremendo e...

— Obrigada.

— Obrigada você por ter se preocupado... — falou, baixando os olhos.

— Eu...

— Você me perguntou se eu estava bem, lembra? Geralmente pessoas jovens como você ignoram pessoas mais experientes.

— Infelizmente a senhora tem razão, mas existem muitas pessoas jovens que se importam com as outras pessoas.

A senhora olhou através da janela e apontou uma estrela.

— Vê aquelas estrelas? Elas formam o cinturão de Órion. Pensar que são milhares de estrelas que existem no universo... É tão lindo!

— Concordo.

Passamos a noite acordadas, ouvia a senhora falando sobre as estrelas e constelações, estávamos em plena sintonia. Amanhecia quando o trem parou no meu destino final. Minha companheira de viagem prosseguiria viagem. Nossos caminhos separavam-se ali.

A estação estava iluminada pela luz cálida da manhã. Acenei para um táxi e passei o endereço que estava no mapa. Entre longas piscadas e cochilos chegamos a uma casa pequena, mas elegante. Era chegada a hora do ajuste final.

Nervosa, paguei a corrida e segui em direção à porta. Ouvia meus passos no piso frio. Mil coisas passavam pela minha cabeça. Toquei a campainha antecipando o momento da apresentação. A porta se abriu e surgiu uma senhora, com as faces cansadas e os cabelos pretos. Não era ela.

Fiquei sem reação. A mulher me olhava, esperando alguma iniciativa de minha parte. Afinal, eu batera em sua porta.

— Posso ajudar?

— Sim... Você mora aqui?

— Sim, eu moro aqui. Algum problema?

— Estou procurando essa mulher — falei, mostrando a foto que trouxera comigo — Você a conhece? Ela morou aqui?

Ela sorriu e negou com a cabeça. A mulher mentia muito mal.

— Sinto muito, mas não vai mais encontrá-la por aqui.

— Por que diz isto?

— Simplesmente porque ela não mora mais aqui! Se não se importa, gostaria que saísse da minha propriedade...

— Espere... por favor!

E agora? Tirei um maço de dinheiro do bolso, era um pouco do que me restava, e ofereci a ela. A mulher sorriu e pegou o dinheiro me convidando para entrar. Levou-me até a cozinha.

— Quer um copo de água?

— Não, obrigada. Só preciso saber onde encontrar esta mulher.

— Ela mudou, mas... — respirou fundo. — Essa senhora veio para cá, há alguns anos, com o netinho. Pobrezinha, tinha acabado de perder a filha e o pai da criança não queria o filho, se entregou a bebida, muito triste...

"O pai da criança não queria o filho, se entregou a bebida...?" Ela havia mentido sobre o senhor Félix!

— Ela criou o menino, Alan, com muito carinho. Criou-o para ser um grande homem e aposto que será; tornamo-nos grandes amigas. Ela tinha um amante, em outra cidade; ele vinha visitá-la, um moço novo, sabe? No começo eu até me assustei, mas bem faz a ela... — disse rindo.

A mulher estava me usando como confidente e não chegava à informação vital. Imaginei o desgosto de Moacir se soubesse da vida da ex-mulher. Certamente não a ajudaria; mas o amor é capaz de loucuras, nada seria impossível.

— Então ela teve alguns problemas e voltou para sua antiga cidade. Deixou o menino com o amante e foi embora. Um mês depois recebi a notícia que ela falecera. No testamento constava que a casa pertencia a mim, mudei assim que soube...

— Espere, está me dizendo que ela está morta? – perguntei incrédula.

— Sim, ficou muito doente e não resistiu.

— E esse amante... Você sabe onde posso encontrá-lo?

— Sinto muito, mas não o conheci a esse ponto...

— Muito obrigada.

Saí sem dizer mais uma palavra. Passei pela porta e ao chegar à rua comecei a andar sem direção. O que ia fazer agora? Como voltar e olhar para o senhor Félix? Estivera tão perto! Não conseguia pensar. Lágrimas de raiva e decepção escorriam pelo meu rosto. Onde estaria Alan? Como encontrá-lo? Parei quando cheguei à estação de trem. Senti as forças me abandonarem e o mundo girar.

— Por favor, alguém me ajude! Acho que a moça desmaiou.

Ao longe, podia ouvir vozes nervosas. Parecia que estava flutuando. Minha cabeça doía muito, com muito esforço consegui abrir os olhos. Vi muitos rostos preocupados me observando. Tentei me levantar, mas fiquei tonta e caí.

— Calma! — falou o moço que me amparava. — Você desmaiou, está se sentindo bem?

— Estou só um pouco cansada — sussurrei.

— Tudo bem, precisa de alguma coisa?

Ao ver que já estava melhor, a multidão se dissipou. Um homem alto e muito magro me analisava.

— Acho que não vai morrer — falou ele, abrindo um leve sorriso.

— Que bom! — sussurrei.

Levantei com dificuldade.

— Tenho que ir, obrigada.

Como estava falando muito essa palavra ultimamente.

— Espere! Para onde você vai? Não precisa de ajuda? Eu posso...

— Obrigada, mas tenho que resolver um assunto e voltar para minha família e meu namorado.

46. Dor da traição

— Espere aqui, eu volto logo — falei ao velho taxista.

Passei pelo belo jardim da casa de Vítor e peguei a chave reserva que ele me dera. Entrei na casa, corri para o sótão e logo localizei o baú

Lá estavam o mapa com o roteiro que seguira para chegar até a avó de Alan, algumas fotos e documentos, mas nada relacionado ao tal amante. Procurava desesperada, remexendo nos papéis espalhados pelo chão.

Nada sobre o amante. Sentei entre aqueles papéis e fechei os olhos, rendida à derrota. Ao abrir os olhos, minha atenção voltou-se para um envelope com a letra M desenhada. Abri o envelope com cuidado e retirei uma pulseira com um pingente. A imagem daquele pingente não era estranha para mim. Abri o envelope, retirei a carta e a li lentamente.

Querido,

Escrevo essa carta porque sei que me resta pouco tempo. Estou doente e peço de todo o coração que cuide de Alan como se fosse seu filho. Ele é um ótimo menino e será motivo de muito orgulho a quem criá-lo.

Não conte a ele sobre o pai, ele pergunta bastante, mas seja forte. Estou deixando com você uma pulseira. Alan tem outra igual.

Não irei precisar dela para onde vou. Peça que ele a guarde com carinho. Não descuide da educação de Alan, não deixe que ele se torne um fracassado como o pai.

Você sabe que eu o amo. Para sempre...

A carta não estava terminada, com certeza era para o tal amante. Ela não me ajudava em nada, mas mesmo assim a guardei na bolsa. Sem conseguir mais nenhuma informação, resolvi ir embora. O apartamento deveria estar cheio de gente preocupada com o meu sumiço. Já imaginava o sermão e as explicações que exigiriam de mim.

Desci as escadas do sótão, imaginando se Catherine teria conseguido unir Gabriel e Cristal. Estava morrendo de saudade de todos eles. Estava quase chegando à sala quando ouvi a voz de Vítor. Uma felicidade me inundou. Queria pular em seus braços, mas desisti ao perceber que ele estava acompanhado por uma mulher.

Voltei alguns passos e me encostei à porta para ouvi-los.

— Muito obrigada por me deixar ficar aqui... — agradeceu a mulher.

— Tudo por uma colega de trabalho.

— É só até minhas apresentações acabarem...

Ela ia dormir na casa dele? O que Vítor tinha na cabeça, ele era meu namorado! Não confiava em uma mulher dormindo na mesma cidade que ele, quem diria na mesma casa.

— Resolveu fincar raízes? — perguntou ela.

— É, encontrei alguém.

"Eu sou esse alguém, e ele é território proibido para você!", tive vontade de gritar.

— Então o leão foi domado? Estranho... Pelo que me lembro, você era um cachorro sem dono, indo de cidade a cidade, nunca ficando mais que poucos dias, com medo de se comprometer. Foi por isso que terminamos, lembra?

— Lembro.

Ela era ex-namorada dele. Uma onda de ciúme me atingiu. Ouvir apenas as vozes estava me angustiando. Precisava vê-los. Queria saber a distância que havia entre eles. Estava ficando nervosa.

— E o que essa menina tem de tão especial?

— Não sei, ela é só especial.

O "não sei" e o "só especial" não me agradaram. Ouvi barulho de passos.

— E onde essa menina especial está agora?

Ele hesitou em responder.

— Não sei...

As respostas de Vítor eram sempre frias e sem emoção. Tinha algo errado com ele.

— Bem, eu estou aqui e não paro de pensar em você... Por que não a esqueçe só por um tempinho?

Senti uma raiva até então desconhecida para mim. Meu rosto estava em chamas. Com cuidado, pude vê-la envolvendo Vítor com seus braços e com sua boca perigosamente a centímetros dos lábios dele.

Ela era perfeita. Tinha a pele negra, sedutora, os cabelos realçavam seu rosto. Era muito sensual.

— Não posso — falou ele.

Quase gritei de felicidade. Ela havia perdido. Ele não iria me trair. Ele me amava...

— Está me rejeitando? — perguntou depositando um longo beijo no pescoço de Vítor.

"Sim, ele está te rejeitando", queria gritar para aquela mulher.

— Saiba que é só por estar carente.

Ela sorriu vitoriosa e, em um instante, estavam se beijando ardentemente. Eu não conseguia mais olhar.

Não sabia o que fazer, uma parte de mim queria ir embora, mas a outra queria acabar com a diversão deles. Enquanto pensava, ouvia as exclamações de prazer daquela mulher.

Olhei-os mais uma vez. Ela estava com uma expressão de eterno prazer enquanto ele saciava sua carência no pescoço dela. Aquilo estava me torturando. Sem me importar, passei por eles correndo, jogando a chave no chão. Percebi passos atrás de mim. Entrei no táxi.

— Vamos! — gritei.

Vítor parou na calçada. A mulher estava logo atrás dele.

— Isabel! — gritou ele.

Não olhei para trás. O táxi ia ganhando velocidade à medida que eu chorava.

— Para o meu prédio! — informei ao motorista.

— Sim, senhorita. Você está bem?

— Sim — respondi com o coração em pedaços.

47. O passado retorna

Chegamos ao apartamento. Abri a porta, que estava destrancada como sempre. Com cuidado, entrei. Parecia não haver ninguém ali, reinava absoluto silêncio. Fui direto para o meu quarto e encontrei minha mãe, dona Sofia.

— Oi — falei tímida.

— Isabel?

Ela parecia não acreditar. Correu e me abraçou. Retribuí o abraço com emoção. Eu a deixara muito preocupada, mas se ela soubesse tudo que eu havia feito... Chegara tão perto e agora estava tão longe.

— Por onde andou? Deixou-me preocupada. Você está bem? Está com uma aparência horrível — falou segurando meu rosto.

— Eu sei — disse escondendo o rosto em seus cabelos. — Senti tanto a sua falta, mamãe!

Emocionalmente estava pior que fisicamente. Ela me apertou mais forte, podia sentir suas lágrimas quentes se misturando às minhas. Três dias, havia dito... Não conseguia imaginar o que havia passado pela cabeça dela durante este tempo.

— Com licença? — pediu uma voz masculina.

Encabulado, o homem aguardava permissão para entrar. Moreno, cabelos compridos, forte, e o que mais chamava atenção, os olhos muito azuis. Minha mãe me soltou lentamente. Parecia não acreditar no que via. Seu espanto se transformou em felicidade. Ela abriu um enorme sorriso.

— É você mesmo? — perguntou aproximando-se.

— Sofia?

Ela sorriu ao ouvi-lo pronunciar seu nome.

— Dimitri!

Mamãe pulou nos braços dele. Dimitri era meu pai, um cigano. Segundo minha mãe, era o homem mais bonito que já conhecera e, apesar do tempo, continuava muito atraente. Os belos traços permaneceram, acentuados pelo charme da maturidade e não mais com a sedução de um adolescente.

Em minhas fantasias, imaginava-os vivendo um grande e proibido amor. Agora, apesar de estar feliz por minha mãe, não me sentia muito feliz. Tentei sair do quarto sem ser notada.

— Espere um instante, mocinha! — falou minha mãe.

Virei e encontrei seu olhar sério

— Não acha que me deve explicações?

— Mãe, você realmente quer falar sobre isso agora? — disse indicando o homem à frente dela.

— Deixe a menina, ela deve estar cansada. Ela deve descansar! — falou beijando-a. — Você também me deve algumas explicações, Sofia!

Saí do quarto deixando-os sozinhos. Eles precisam conversar e haveria muito tempo para conhecer meu verdadeiro pai.

Voltei para a sala. A casa continuava vazia. Um leve barulho me levou até a cozinha. Cristal distraída guardava algumas compras.

— Gabriel... — chamou com irritação.

— Sou eu, Isabel.

— Isabel?

Cristal rapidamente cruzou a distância que nos separava e me abraçou.

Sua respiração era rápida e ofegante.

— Está tudo bem? O que houve? — perguntei.

Ela me soltou e me olhou brava.

— Você quer nos matar? Sabe o quanto ficamos preocupados com o seu sumiço? Por onde você esteve todo esse tempo? "Volto em no máximo três dias", três dias uma ova...

— Também senti sua falta — confessei com sinceridade.

Ela sorriu.

— Você fez falta, mas só um pouquinho — falou.

Rimos juntas. Cristal era uma ótima amiga, nunca encontraria outra igual, depois da traição de Vítor, era no ombro dela que eu iria chorar.

— Vítor ficou uma fera com aquela carta...

— Imagino... — disse triste.

— Você está bem?

— Já o encontrei...

— E...

— Ele estava muito bem nos braços de outra... na casa dele.

Cristal ficou surpresa. Senti a tristeza me abater, sabia que não tinha sido muito justa com ele, mas não merecia aquela traição! Era assim que ele reagiria toda vez que não estivesse perto e ele ficasse carente?

— Você tem certeza? Pode ter sido um engano...

— Não! Eu vi e ouvi tudo com muita clareza, me senti tão mal...

— Sei como é.

— Não sabe, não! Gabriel não beijou Melissa e aquilo nem foi um beijo.

— Ele é mais forte que aquela menininha, bem que poderia...

— Está morrendo de ciúme! Você não conhece Melissa e não viu o que aconteceu...

— Vi o suficiente...

— O suficiente para entender errado. Melissa foi quem agarrou Gabriel. Você também não pode reclamar, ele ficou um tempão atrás de você, enquanto o ignorava... E se ele tivesse desistido de conquistá-la?

— Se ele tivesse desistido, eu saberia que todas as palavras daquela noite foram em vão... Até porque amar não é a mesma coisa que paixão. O que me diz daquelas cantadas de Vítor? E do tempo em que ele correu atrás de você?

— Mas é diferente!

— Diferente como?

— Eu dei uma chance a ele!

Ela sorriu.

— Deu uma chance a ele depois de fazê-lo sofrer... O que você acha que deveria fazer depois de ver os dois se beijando? Não é só em você que dói uma traição.

Cristal estava mais calma. Já havia pensado muito sobre toda aquela situação. Ela tinha razão, doía muito ver o homem amado nos braços de outra mulher.

— Por que não fala com ele? Acerte tudo de uma vez.

— Não sei o que fazer...

— Titia!

Catherine correu em minha direção e me abraçou.

— Que bom que você voltou! Eles continuam brigando, nem se falam mais — confidenciou em meu ouvido, olhando brava para sua mãe.

— Filha, deixe Isabel descansar, veja como ela está cansada! O que andou fazendo? Parece que não dorme há dias.

— Eu sei, estou mesmo cansada...

— Acho que estou ouvindo e vendo um fantasma — falou Gabriel.

— Com licença! — disse Cristal saindo em direção ao quarto.

Gabriel me abraçou, mas não pode deixar de lançar um triste olhar para a porta que o separava de seu amor.

— Como foi a viagem? Já te falaram que você está...

— Horrível, já sei!

Ele me abraçou.

— É verdade, mas esse lindo anel em seu pescoço não deveria estar em outro lugar?

Toquei instintivamente no peito. Desde quando Cristal me convencera a usá-la, eu a mantinha próxima de meu coração. Não a deixava à mostra para evitar problemas com Vítor, mas no momento a aliança seria o menor de nossos problemas.

— Espere só até Vítor ver isso, espere só até ele ver você. Ele ficou tão nervoso que brigou comigo, tentou até me intimidar achando que eu sabia onde você estava. Mamãe o mandou embora e depois disso só o vimos no café, sempre triste...

— Já nos vimos e o encontrei bem animado... — sussurrei.

— E então? Ele a perdoou ou terminou o namoro? Seu namorado é meio imprevisível.

— Não quero falar sobre isso!

Os comentários de Gabriel estavam me torturando! Fora traída e estava muito magoada e frágil naquele momento.

— O que houve? — perguntou preocupado.

— Nada, é bobagem! Depois eu me resolvo com ele — falei ainda triste.

— Se ele te fez alguma coisa...

— Não fez nada que eu não possa resolver sozinha, entendeu?

Percebi em Gabriel uma tristeza que ele tentava esconder por trás da expressão sorridente e despreocupada.

— E como estão as coisas por aqui? — perguntei.

Ele fez uma careta.

— Não nos falamos desde aquele dia. Eu tento, mas nada funciona...

— Ela acha que por você ser mais forte, deveria ter se livrado de Melissa, se quisesse.

— É, mais a questão não é de força, fui pego de surpresa...

Cristal estava muito chateada com meu irmão ou não gostava dele tanto quanto eu imaginava. Ele havia confessado o seu amor e mesmo assim ela não cedera. Estava com pena dele, estava com pena dela e estava com pena de mim. O amor era um sentimento muito difícil.

— Já viu mamãe? — perguntou mudando de assunto.

— Já!

— E onde ela está? Achei que ficaria abraçada a você para nunca mais a largar...

— Digamos que ela tem algo melhor para abraçar... — falei sorrindo.

Gabriel, a princípio, não entendeu minha insinuação, mas depois me olhou com desaprovação.

— Com quem mamãe está? — falou possessivo.

— Ela está com meu pai! — respondi com cautela.

— Você encontrou seu pai? O que ele está fazendo aqui? — Gabriel parecia não acreditar.

Assenti e pedi que me seguisse. Indiquei a porta de meu quarto e lá de dentro podíamos ouvi-los conversando.

— Ela ainda está casada... — comentou Gabriel.

Puxei-o de volta para a sala. Entendia sua confusão.

— Gabriel, alguém tem que ser feliz nessa casa e ninguém merece mais do que a mamãe.

Ele sentou no sofá, estava confuso com aquela situação. Sentei-me ao seu lado e ficamos ali, juntos, abraçados.

48. Lembrando a felicidade

Saíram do quarto só quando o aroma da comida de Cristal começou a se espalhar por toda a casa. Pareciam muito felizes, seus olhares se cruzavam a todo o momento.

— O almoço está pronto! — gritou Cristal.

Acomodamo-nos à mesa. Cristal e Gabriel se sentaram o mais longe possível um do outro. Mamãe e Dimitri sentaram-se lado a lado.

— Ainda tem explicações a me dar mocinha — falou minha mãe.

Olhei para ela fingindo não entender a observação.

— Sim?

— Deixe a menina em paz, Sofia! — falou Dimitri.

— Mal a conhece e já está mimando-a... — falou minha mãe séria. — Onde você esteve todo esse tempo?

— Prefiro saber como se reencontraram, sobre o que conversaram...

— Conversamos sobre nós, sobre você, minha filha... — esclareceu minha mãe.

— Eu sempre procurei por sua mãe, não sabia de sua existência. Soube que havia se casado e cheguei até a cidade natal de vocês. Gostaria de ter sabido de sua existência Isabel! — falou emocionado.

— Já expliquei, Dimitri. Estava grávida e sozinha. Logo as pessoas iriam reparar. Meu pai também não me deu outra escolha, então fui obrigada a me casar com o pai de Gabriel. Ele assumiu a minha filha em troca de eu não me comunicar mais com você e nunca contar a verdade para Isabel.

Embora diferente, era uma linda cena de reencontro familiar. Porém, nem todos estavam felizes. Sem quase tocarem na comida, Cristal e Gabriel saíram para os respectivos quarto enquanto eu e Catherine ficamos ouvindo histórias de meu pai e seu povo.

Mamãe estava tão feliz que não fizera mais perguntas sobre minha ausência por todos aqueles dias.

Fui até a cozinha e encontrei Cristal.

— O que está fazendo? — perguntei.

— Esperando você. Precisamos conversar — falou sem rodeios.

— Vamos tomar um café? Ainda não falei com o senhor Félix desde que cheguei...

Saímos e seguimos até o estabelecimento de meu querido amigo senhor Félix. Temia o reencontro, afinal havia saído com a missão de trazer seu filho.

Não havia ninguém na cafeteria. Fomos até a cozinha e lá estava ele, mexendo nas panelas, que exalavam um delicioso aroma. Notando a nossa presença, nos recebeu com um grande sorriso.

— Então você voltou! Sua mãe queria mandar a polícia atrás de você, menina. Onde esteve?

Sorri e o abracei. Contive uma lágrima que teimava em cair. Não iria fraquejar, era para ser um reencontro feliz.

— Como está? — perguntei.

— Vou indo, mas não estou preocupado comigo. Já encontrou Vítor?

— Já.

Estavam todos preocupados com Vítor, porque não sabiam o que tinha acontecido. Ele estava muito bem nos braços de outra.

— E então?

— Ela o flagrou com outra mulher... — falou Cristal.

Os dois desencadearam uma conversa sobre o assunto. Não paravam de falar. Resolvi me desligar daquelas palavras e tentar pensar em outra coisa, mas tudo em que eu pensava me deixava triste.

49. Provando o real

Conversamos até o anoitecer. Fomos embora e no meio do caminho notamos um casal em uma fervorosa troca de carinho. Ao chegar mais perto reparamos que era o pai de Melissa, mas a mulher não era a mãe da garota. Resolvemos continuar em frente e fingir que não havíamos visto nada, mas assim que nos viu, o homem largou a mulher e passou a nos seguir.

— Não vão contar a Melissa ou a minha esposa, não é? — perguntou ele ao nos alcançar.

Pudemos ouvir gritos e barulhos de objetos caindo de uma janela e se quebrando na calçada.

— Acho que está acontecendo algo no seu apartamento. É melhor ir lá.

— É apenas a estressada da minha mulher... Mas ainda não responderam minha pergunta.

— Não vamos dizer nada... — respondi.

— Porque ela não merece saber o safado do pai que tem... — continuou Cristal.

Fiquei vermelha e preocupada. O homem sorriu.

— Cristal, sou o tipo de homem que aproveita a vida.

Subimos as escadas em silêncio, tentando não notar a companhia dele.

— Por que estão subindo?

— Estamos indo para o nosso andar...

— Não podem contar nada a elas, vocês me prometeram!

Cristal deu um empurrãozinho nas minhas costas para que eu continuasse andando. Subi dois degraus e não senti mais a mão de Cristal no meu ombro. Olhei para trás e vi meu vizinho segurando minha amiga pelo pulso.

— Não sei se posso confiar em vocês...

— Me solte ou eu...

Tentava desesperadamente se soltar. Corri em direção a eles e tentei soltar o braço do homem, mas perdi o equilíbrio e rolei alguns degraus. Levantei com dificuldade e subi novamente os degraus que me separavam de Cristal e aquele homem.

— Minha filha é tudo para mim e você não vai dizer nada a ela!

— Se Melissa fosse realmente importante, você a respeitaria.

— Isto não é da sua conta e nem da sua... — disse apontado para mim.

Estávamos discutindo quando ouvimos a porta abrir. Melissa e mãe nos olhavam assustadas.

— O que está acontecendo aqui? — perguntou a mulher tomando a iniciativa de nos interromper.

— Não se intrometa — vociferou o marido.

Ele se voltou para a mulher e a agrediu. Melissa correu em direção à mãe.

— Entre, Melissa, agora! — ordenou o pai, empurrando a garota em direção à porta.

— Solte minha mãe!

Cristal e eu tentávamos nos aproximar da mãe para ajudá-la, mas éramos impedidas.

— Mas o que está acontecendo... Isa, Cristal?

Gabriel desceu correndo as escadas e com um soco derrubou o homem. A mulher ajudou o marido a se levantar e o levou para dentro da casa. Logo começaram os gritos e os soluços. Melissa parecia em choque quando fechou a porta pedindo desculpas.

Eu e Cristal tentamos nos recompor enquanto Gabriel nos olhava perplexo.

— Vocês estão bem? Ele machucou vocês?

Fizemos que não com a cabeça e ele nos abraçou. Lembrei da noite em que havia sido atacada pelos bêbados do bar e senti um arrepio. Sorte ter sido salva por Vítor.

Gabriel nos segurou pela cintura e nos conduziu escada acima.

— O que estava acontecendo lá embaixo, filho?

Quando minha mãe nos viu naquele estado, soltou uma exclamação de susto.

— Mas o que houve?

— Mamãe? — chamou Catherine preocupada.

Ela pulou no colo da mãe e ficou protegida em seus braços.

— O pai de Melissa é louco. Nós o flagramos e ele quis nos intimidar... — contou Cristal com raiva.

— Vocês estão bem? — perguntou Dimitri preocupado ao ouvir o relato de Cristal.

Fiz que sim, surpresa com a preocupação dele.

— Alguém devia ir até lá e dar uma lição neste homem — falou meu novo pai.

— Eu já fiz isso. Não se preocupe, eu sei cuidar muito bem das mulheres que moram aqui. Não precisamos de ajuda — falou Gabriel.

— Desculpe rapaz, eu não quis...

— Sem problemas... — interrompeu Gabriel seguindo para o quarto.

— Obrigada! — agradeceu Cristal olhando para as mãos, envergonhada.

— Disponha — falou com frieza.

Toda essa tristeza estava indo longe demais. Gabriel estava sendo grosso com Dimitri e frio com os demais, parecia sem sentimentos.

— Mamãe, por que o pa... Gabriel está estranho?

— Ele não é seu pai Catherine! — gritou Cristal para a filha

Olhamos espantados para ela. Havia uma grande tensão no ar, mas Catherine era uma criança e não merecia ser tratada daquela maneira. Cristal ficou envergonhada de si mesma e foi para o quarto, deixando Catherine aos prantos.

— Não chore, Catherine! Sua mãe a ama muito, ela está apenas um pouco nervosa — explicou minha mãe.

Ela se escondeu no colo de Sofia e continuou a chorar, enquanto eu estava abraçada ao meu pai, procurando um pouco de proteção. Ouvimos batidas na porta, ao abri-la, me deparei com Melissa que estava com os olhos inchados.

— Melissa?!

— Isabel, por favor, será que eu poderia falar com você?

Embora contrariada com aquela visita, sabia que ela não tinha culpa pelo pai que possuía.

— Entre...

Seguimos para o escritório, encostei a porta e a convidei a sentar, mas ela insistiu em ficar em pé.

— Queria que me desculpasse...

— O quê?

— Estou pedindo desculpas... — repetiu ela.

— Entendi o que disse, só não sei o porquê, você não tem culpa do que aconteceu...

— Mas foi meu pai e isso me envergonha muito.

Fiquei com pena dela.

— Sempre soube que meu pai vivia cercado por mulheres, mas minha mãe me dizia que era porque ele era bonito e as mulheres ficavam se atirando nele. Eles brigavam muito e eu achava normal minha mãe ter ciúme. Mas hoje eu descobri que ele é o culpado e também que tem problemas para controlar os nervos...

— Sinto muito, Melissa — falei com sinceridade.

— Tudo bem, ele não foi um bom pai mesmo e não vai fazer diferença quando ele sair de casa.

— Ele vai sair de casa?

— Vai! — falou. — Assim que entramos em casa, eles tiveram uma briga feia e mamãe pediu a separação. Já ligou para o advogado, papai terá que pagar pensão para nós duas... Mas precisa da ajuda de vocês, será que...

— Tenho certeza que Cristal, assim como eu, não vai se importar em contar o que vimos.

— Obrigada, Sab, muito obrigada! — falou beijando meu rosto.

— Você realmente acreditava nas coisas que sua mãe contava sobre seu pai? — perguntei tentado sanar minhas dúvidas.

— Sim, meu pai pode não ser seu irmão, mas é muito charmoso, então eu acreditava que ele era seduzido e não o contrário...

— Será que isso te lembra alguma coisa Melissa?

— Eu e seu irmão? — perguntou envergonhada. — Sei que errei, mas como eu ia saber que ele gostava de verdade de Cristal? Você já olhou para ela? Não dá para entender.

O mais engraçado em Melissa não eram os comentários, era o fato de ela acreditar no que falava.

— Acho que deveria explicar a ela o que realmente aconteceu naquele dia, quem sabe em você ela acredite... — disse.

— Por que eu faria isto? Ela não gosta de mim! Já pedi desculpas a ele...

— Não basta, venha comigo!

50. Sumiço reconciliar

Fomos até o quarto de Cristal e batemos na porta.

— Vá embora!

— Há alguém aqui que precisa falar com você! — gritei.

— Não quero fala com ninguém!

— Fale daqui mesmo... — disse para Melissa.

Ela me encarou como se eu estivesse louca e, desconfortável, começou a falar com a porta.

— Cristal, sou eu, Melissa. Queria me desculpar pelo meu pai e desfazer o mal entendido que aconteceu no dia do beijo. Eu beijei Gabriel, ele não tem culpa de nada, eu juro...

A porta abriu e Cristal encarou Melissa com raiva.

— Eu já sei que foi você quem o beijou... Mas ele não fez nada para impedi-la, pelo contrário, deve até ter gostado...

Melissa fez uma careta cansada e pulou em Cristal, abraçou-a como havia feito com Gabriel. Cristal tentava em vão se soltar.

— Desisto! — se rendeu.

Melissa a soltou vitoriosa.

— E então? — perguntamos juntas.

— Vou falar com Gabriel, obrigada Melissa, mas não se aproxime dele novamente... — disse encarando Melissa.

— Tudo bem — concordou a menina conformada.

— Obrigada pela visita, Melissa. Mas agora acho melhor você ir embora — falei indicando a porta e correndo atrás de Cristal.

Melissa hesitou, mas foi embora.

Agora era tudo ou nada. Cristal bateu na porta do quarto de Gabriel e o chamou.

Ele abriu a porta surpreso com aquela visita. E sem mais explicação Cristal o beijou. Um beijo apaixonado, cheio de desejo. Ambos começaram a confessar o seu amor.

— Cristal, precisamos contar a Catherine que estamos juntos — falou Gabriel.

— Onde ela está? — perguntou irradiando felicidade.

— Talvez esteja com mamãe e Dimitri — comentei, me dirigindo ao meu quarto.

Batemos na porta, que logo foi aberta. Catherine não estava com eles, procuramos por todo o apartamento e nada da menina.

— Onde está minha filha? — suplicava Cristal.

Minha mãe tentava acalmá-la com um copo de água com açúcar, mas ela própria precisava se acalmar.

— Temos que encontrá-la!

— Mas alguém tem que ficar aqui, caso ela volte! — sugeriu Dimitri.

— Nós ficamos aqui — falou minha mãe. — Se ela aparecer, Dimitri pode avisá-los. E se vocês a encontrarem primeiro, corram para nos avisar.

Saímos os três, Cristal, Gabriel e eu, percorrendo as lojas até o parque onde costumávamos levá-la para brincar. Meu coração batia descompassado.

Chegamos ao parque, ofegantes. Na escuridão da noite que caía, era difícil enxergar à distância, então nos dividimos. Gritávamos o nome dela, mas não a encontramos no parque.

— Encontrou alguma coisa? — gritou Cristal.

— Nada! — respondi.

Vi Gabriel se aproximando com a mesma expressão de desapontamento. Ela não estava no parque. Cristal estava desolada.

Seguimos, passando pelo café do senhor Félix, mas ela também não estava lá. Cristal saiu em direção à antiga casa de seus pais, que ficava a uma boa distância de nosso endereço. Ela andava quase correndo e tentávamos acompanhá-la. Sentia as pernas e a cabeça doerem, ainda não estava totalmente refeita da mordida do cachorro e da queda na escada.

Em minha mente passavam imagens e pensamentos nebulosos com Catherine. Nossa menininha nessa escuridão, sozinha.

Cristal chegou em uma casa e tocou a campainha desesperada inúmeras vezes. Uma mulher irritada com o barulho veio nos atender.

— Boa noite! — falou Gabriel — Será que...

— Uma menininha, passou por aqui? É pequena, tem cabelos castanhos e olhos claros. Ela passou por aqui? Por favor, ela passou por aqui? — perguntava desesperada.

— Desculpe, mas nenhuma criança passou por aqui... — respondeu a mulher de mau humor.

— Ela tem que ter passado por aqui! — gritava. — Ela tem que estar aqui...

— Cristal, pare, ela não está aqui! — falou Gabriel a segurando pelos ombros.

Pra a surpresa dele, ela o abraçou.

— Onde ela está Gabriel?

— Vamos encontrá-la, meu amor. Eu prometo.

Cristal chorava muito, cansada, encostou a cabeça no ombro de Gabriel e chorou muito. Ficamos em silêncio, em respeito ao momento de Cristal. Mas tínhamos que encontrar Catherine, a noite avançava.

— Cristal, onde mais ela pode estar? — perguntei.

— Eu não sei.

— Você é a mãe dela, conhece Catherine melhor que ninguém....

Ela parou de chorar e tentava pensar nos locais importantes e seguros para a filha.

— Se você nos ajudar, encontraremos nossa menina. Pense... Para onde ela iria?

— Eu não sei — sussurrou. — Qual foi a última coisa que falei para ela?

— Que Gabriel não era o pai dela... — repeti suas palavras, constrangida.

— Pai?! — repetiu Gabriel.

— O que tem? — perguntei.

— Ela sente falta do pai! — falou Cristal.

Falando isso, ela soltou-se de Gabriel e saiu correndo.

— Para onde estamos indo? — perguntei, tentando segui-la.

— Para a antiga cantina da família do pai dela!

— Você já a levou até lá? — perguntou Gabriel enciumado.

— Várias vezes — respondeu, concentrada no seu destino.

Cristal corria, a esperança nos inundou. Do outro lado da rua havia um letreiro antigo indicando a cantina. A mãe, desesperada, atravessou a rua quase sendo atropelada. Passei para o outro lado pedindo desculpas aos motoristas.

A porta estava entreaberta e logo percebemos movimentos em seu interior.

— Catherine? — gritou Cristal.

— Mamãe!

Catherine correu em direção à Cristal. As duas se abraçaram e começaram a chorar. Resisti à vontade de abraçá-las, aquele era um momento delas. Gabriel e eu esperamos do lado de fora do restaurante.

— Desculpe, filha!

— Desculpe, mamãe!

— Meu amor, prometa que nunca mais vai fazer isso! Quase me matou de susto!

— Eu prometo — falou chorando. — Onde está meu pai?

— Eu não sei filha, ele foi embora já faz tempo...

— Não... o Gabe. Onde ele está?

Ao ouvir seu nome, Gabriel entrou e aproximou-se delas.

— Adoraria ser seu pai, pequenina — falou triste, abraçando-a.

— Mas você poder ser... Não pode mamãe?

Cristal sorriu.

— Não é para mim que você tem que perguntar, é para ele — disse levantando.

— Gabriel, quer ser meu pai?

Eu assistia aquela cena com muita alegria, dessa vez tinha que dar certo! Ele também se levantou e encarou Cristal.

— Só se a mãe também fizer parte do pacote — tentou fazer graça.

Por um momento achei que estava tudo acabado, mas Cristal sorriu, feliz.

— Estou mais do que incluída — falou beijando apaixonadamente.

Catherine correu em minha direção, a abracei e com ela no colo ficamos olhando aquela bela cena de amor.

51. Um pedido

Voltamos para casa andando calmamente. Não existia mais pressa ou desespero. Cristal, Gabriel e Catherine seguiam na frente como uma família completa e feliz. Chegamos ao prédio com as pernas doendo. Sentado na calçada, Vítor me esperava.

O trio, ao notar a presença dele, me olhou e subiu sem fazer comentários. Fingi não notá-lo e os segui.

— Espere, por favor! Eu preciso falar com você — pediu segurando-me pelo braço. — Acho que me deve uma explicação.

Não podia acreditar no que estava ouvindo!

— Eu lhe devo explicações?

— Sim. O que estava fazendo em minha casa? — perguntou.

Ri com desprezo. Então era isso!

— Desculpe por invadir a sua privacidade, por que não me processa? — ironizei subindo as escadas. Mas fui novamente impedida.

— O que você quer de mim? — perguntou zangado.

— No momento, distância — ele soltou um longo suspiro.

— Por que você me deixou? — perguntou ele mais calmo.

— E não o deixei! — gritei.

— Deixou sim!

— Tive o cuidado de escrever para você, explicando minha ausência.

— Você disse que ficaria fora por apenas três dias e sua carta não explicava nada... Pelo contrário, fiquei sozinho e confuso!

— Eu percebi o quanto estava sozinho... e confuso!

— Aquilo não significou nada...

— Nada?! — repeti. — Você beijando outra mulher, não significa nada? Você me traiu, traiu o nosso amor...

— Você desapareceu, não deu mais notícias...

— Então você resolveu se consolar nos braços de outra! Pensou em me procurar, em me esperar?

— Está exagerando e... Como eu vou saber que você também não me traiu?

Não podia acreditar que estava tendo aquela conversa com Vítor, não depois de tudo o que havia acontecido. A apreensão, o cansaço, a decepção. Sentia o rosto arder de raiva.

— Eu não o trairia e você saberia disso se me amasse e confiasse em mim. Como pode existir amor se não há confiança? Eu acreditei que me amasse e que não me trairia...

Ele não respondeu. Pegou-me pela cintura e me beijou. Não retribuí ao beijo e ele me soltou.

— Não toque em mim! — pedi em um sussurro.

— O que tenho que fazer para você me perdoar? — indagou triste.

— Vá embora e me deixe em paz! Eu nunca vou perdoar você.

— Eu a perdoo por ter ido embora sem conversar comigo, você também não confiou em mim...

— Não preciso de seu perdão, não preciso de mais nada de você, Vítor! Volte para os braços da amiga que hospedou... — falei, dando-lhes as costas para sair dali.

— Você não sai daqui até não resolvermos tudo!

— Está tudo resolvido, já disse tudo o que tinha para dizer...

— Mas eu não. Eu sou de carne e osso, como você queria...

— Você quer que eu ache natural que o meu namorado se console com outra mulher só porque ele é de carne e osso?

— Não é isso, mas não teria acontecido se eu soubesse o que você estava fazendo, onde, com quem...

— Agora vai dizer que fez isto por vingança por que eu tenho um segredo?

— Não é vingança, é insegurança — admitiu derrotado. Ele me soltou e sentou na escada com a cabeça entre as mãos. — Por favor, me perdoe — implorou.

Por um momento fraquejei. Vítor parecia estar sofrendo. Seus olhos desceram de meu rosto para meu colo.

— Belo anel!

Não havia percebido que a corrente com a aliança que ganhara de Luiz estava à mostra sob a roupa que usava.

— Obrigada.

— Vai continuar a usá-la?

— Sim, isto incomoda você? — perguntei sem realmente ligar para o que ele pensava.

— Não... — disse calmo. — Se usar esta no dedo.

Em sua mão havia uma bela aliança, presa em uma pequena caixinha de veludo.

— Você... Você...

— Isabel, quer casar comigo?

— Não, quer dizer... Eu não sei...

Subi correndo os poucos lances de escada até meu apartamento, deixando Vítor surpreso e sem reação. Não sabia o que fazer ou o que dizer. Eu o amava, mas toda aquela situação e os momentos anteriores haviam me fragilizado. Fui direto para o meu quarto. Não falei com ninguém, mas percebi olhares me seguindo. Mal entrei, caí num choro nervoso.

— Luiz, o que é que eu faço?

"Seja feliz", lembrei do nosso último encontro. Como ser feliz? A vida era tão difícil, cheia de armadilhas.

52. Dívida cotada

Todos estavam alegres e felizes. O apartamento irradiava luz, apenas eu não estava bem, dúvidas martelavam em minha cabeça. Será que Vítor, sempre que se sentisse só ou infeliz, me trairia? Havia ainda uma chance para nós?

O senhor Félix também não estava bem. Em dois dias seria o aniversário de seu filho e ele sempre ficava triste nessa época. Seria mais um ano sem o menino. Graças à minha incompetência!

Todos os dias o visitava, enquanto cozinhava deprimido eu tentava consolá-lo, mas nada adiantava.

— Quer ajuda? — ofereci.

— Você quer me ajudar na cozinha? — perguntou rindo. — Eu tenho que servir essa comida mais tarde...

— Posso tentar? — pedi.

Ele riu e me entregou a colher. Fiz tudo do jeito que havia observado o senhor Félix fazer outro dia.

— Ficou bom, mas com quem tem tido aulas? — perguntou suspeitando de algo.

— Com ninguém, mas tenho observado você cozinhar. É mais fácil que seguir a receita.

— Então, vamos lá minha assistente de cozinha!

Depois dessa tentativa, tentei várias receitas. Até o chocolate quente ficou bem parecido, mas que, segundo o senhor Félix, só faltava o amor para ficar igual. Conversamos, rimos e cozinhamos até três da tarde.

Voltei para casa, toda suja de farinha e outros ingredientes de cozinha, e lá encontrei Charles. Fui cumprimentá-lo e ao estender o braço, ele levantou a manga de minha camisa, procurando a cicatriz dos dentes do cachorro, assim que encontrou mostrou para minha mãe.

— Por que não me disse que havia se machucado? — perguntou minha mãe séria.

— Por que isto é apenas uma bobagem... Fui medicada e logo vou tirar estes pontos — expliquei a minha mãe, fuzilando Charles com o olhar.

— Ela é sua mãe, tinha que saber — rebateu, tentado se explicar.

— Mamãe, não precisa se preocupar. Estou bem...

— Mocinha...

— Vou para a floricultura comprar algumas flores para alegrar este lar! — precisava escapar do interrogatório que viria em seguida.

Dona Sofia fez uma careta e Charles me acompanhou.

— Quer companhia?

— Vai contar tudo o que eu fizer na floricultura para minha mãe? — brinquei.

— Ela estava preocupada, todos nós estávamos... — falou encabulado.

— Não tem problema, está tudo bem.

Seguimos para a floricultura, calados. Charles parecia um tanto nervoso, mas decidi que era besteira minha. Ainda da calçada, já dava para ver Jolie cuidando de suas plantas com amor e carinho. Por um segundo pensei ter visto Charles corar. Entramos e como sempre Jolie nos recebeu com um bondoso sorriso.

— Olá, você sumiu, por onde esteve? — perguntou sorrindo.

— Fui resolver uns assuntos, mas agora estou de volta e procurando novidades.

— Tudo o que chegou está no fundo da loja.

Ela não me acompanhou. Estranhei e olhei para trás. Charles e ela olhavam-se constrangidos.

— Olá, Charles! — cumprimentou corando.

— Olá! — respondeu.

Dando pouca atenção ao caso, fui até o local indicado e comecei a olhar os botões de rosa. Um mais lindo que o outro. Toda aquela beleza me lembrou Vítor, estava hipnotizada por aqueles olhos verdes. Senti uma picada no dedo, olhei para o espinho, que retirei com cuidado e me lembrei da dor da traição.

Não era culpa de a rosa ter espinhos, mas foi culpa de Vítor a traição, talvez não só dele... mas, de qualquer forma, a traição existira. Os espinhos existiam para proteger a flor. Nessa comparação entre a rosa e Vítor, pensei que talvez a traição dele fosse para se proteger da insegurança causada pela falta de confiança não em mim, mas nele mesmo. Eu amava aquele homem e estava certa de que era recíproco, ele merecia meu perdão e um "aceito", pois no fundo da minha alma não havia nada que eu desejasse mais.

Voltei para o balcão com um buquê de rosas, de todos os tipos.

— Que tal amanhã? — sussurrou Charles.

Ao perceber o segredo, parei. Não queria constrangê-los ainda mais.

— Amanhã está ótimo, vai ser divertido sair um pouco...

Fiz barulho e andei até eles, fingindo não ter ouvido nada.

— Jolie, vou levar estas rosas!

Ela sorriu corada. Charles e Jolie sairiam no dia seguinte, nunca havia notado aqueles olhares, mas agora estava bem clara a formação de um novo casal. Voltando para o prédio, Charles estava mais leve.

— Tudo bem Charles? — perguntei sorrindo.

— Tudo ótimo — respondeu embevecido. — Vamos, sua mãe está esperando — tentou disfarçar.

Subi as escadas e minha mãe estava sentada no sofá, acompanhada por Dimitri, com uma carta na mão. Ela parecia nervosa, meu pai tentava acalmá-la.

— Gabriel! — chamou com um grito. — Gabriel!

Meu irmão veio com um enorme sorriso, com Cristal em seus braços, eles não se desgrudavam.

Ao ver a expressão de mamãe o sorriso dele sumiu.

— o que houve mãe?

— Gabriel, seu pai está preso.

— Preso?

Ela assentiu. Por um lado fiquei feliz, enfim, ele pagaria

pelo seu crime, mas, por outro, estava triste ao ver o choque de Gabriel. Cristal tentou acalmá-lo, embora estivesse feliz com o acontecimento, ela nunca gostaria de meu... daquele homem.

— Gabriel, você está bem meu filho?

— Gabe?

Ele não respondeu, se arrastou até o sofá e se largou.

— Por quê? — perguntou.

— Parece que descobriram que era o mandante da morte de Luiz e de um empresário... Acharam em nossa casa dinheiro falso...

— Quanto tempo? — perguntou frio.

— Filho você está bem? É melhor descansar...

— Quanto tempo ele vai ficar na cadeia?

— Dez anos. Mas o advogado dele disse que vai recorrer...

— Dez anos?

— Isto se não descobrirem mais nada... Eu sei que é muito tempo, mas, filho, o que ele fez foi errado, agora ele tem que pagar.

— Eu sei — falou e saiu.

Cristal ficou sem saber o que fazer, então o seguiu até o quarto.

Dez anos eram realmente muito tempo. Ele, acostumado com todas as mordomias, não iria suportar. A justiça havia sido feita e isso me deixava feliz, mas e Gabriel?

— Chegou essa carta de justiça, dizendo que agora que ele está preso, a casa, as contas no banco e a empresa são bens da família — disse minha mãe. — Mas eu não quero, vou abrir mão de minha parte e deixar tudo para você e seu irmão...

— Eu não quero nada dele! — disse.

— Não seja orgulhosa! Vai aceitar e vai fazer o que quiser da sua vida.

— Eu não preciso do dinheiro...

— Não? E vai viver do quê?

Eu não tinha do que viver, não sabia fazer nada, talvez minha mãe tivesse razão, o orgulho não me levaria a nada. Eu tinha que viver, então abraçaria essa oportunidade.

— Está bem, mas e você? Vai viver do quê?

Ela e Dimitri trocaram olhares significativos. Eu não entendia o que estava acontecendo.

— Seu pai me chamou para morar com ele, voltar para a vila... e eu aceitei. Mas agora, não posso deixar vocês dois desse jeito, principalmente Gabriel. Eu não sei mais... — explicou.

— Mamãe...

— Vá — disse Gabriel, com uma aparência melhor. — Vamos ficar bem. Já percebi o quanto você gosta de Dimitri, o melhor é você ser feliz.

— Gabriel?

Gabe foi até Dimitri e apertou a mão dele. Meu pai o puxou para um abraço.

— Pode deixar que eu cuido dela...

— E eu dessas duas... quer dizer três! — falou Gabriel, referindo-se também à Catherine.

Pude jurar que vi uma lágrima escorrer pelo rosto de minha mãe.

— Vamos viajar amanhã de manhã! — comunicou ele.

Os dois se beijaram, no que foram seguidos por Gabriel e Cristal. Senti-me só, com uma grande necessidade de me encontrar com Vítor, não esperaria mais, ia encontrá-lo.

— Então, vou indo — falou Charles, observando a troca de afeto entre os casais.

— Pode me dar uma carona? — perguntei.

— Para onde você vai? — quis saber minha mãe.

— Para a casa do meu futuro marido!

53. Pertencendo a alguém

— Tem certeza de que quer se casar? — perguntou Charles, quando já estávamos no carro. — Você ainda é nova, tem tanta coisa para viver...

— Vou viver tudo, mas ao lado dele.

— Está bem, só espero receber um convite para o casamento.

— Com certeza, querido amigo!

“Se Vítor ainda quiser se casar”, não pude deixar de pensar! Não excluía a hipótese de ser rejeitada, pois eu o rejeitara, mais de uma vez... Mas tentava pensar em finais felizes, nós dois juntos e nada mais.

— Ele mora longe, você vai ir morar com ele?

— Não havia pensado nisso, mas não me importo, só o que quero é estar com ele.

Charles suspirou, podia apostar que ele estava pensando em Jolie. O amor era algo lindo, engraçado e, às vezes, doloroso. Cheio de opostos e, ainda assim, tem quem procure por ele. Quatro letras que podiam fazer toda a diferença. O amor era inexplicável, incompreensível, mas um sentimento que confortava os corações dos apaixonados, amor que nasce e que mata, que começa e que acaba. O amor era a própria essência da vida.

— Chegamos! — informei Charles.

— Boa sorte — desejou, despedindo-se em seguida.

Desci do carro, passei pelo portão, pelo jardim até chegar à porta. Bati. A casa estava escura. Não havia nenhum sinal de vida, então bati outra vez. Uma luz se acendeu dentro da casa, ouvi passos, lentamente a maçaneta girou e a porta se abriu.

— Isabel?

— Posso entrar?

— O que está fazendo? — perguntou, me abraçando e levando-me para dentro da casa.

Deixei-me conduzir em silêncio.

— Então... o que quer?

Respirei fundo.

— Pedir perdão... Por ter sumido tão de repente, pela carta e pelas coisas horríveis que disse em nosso último encontro. Eu estava com raiva e enciumada, não estava pensando direito... — falei em um só fôlego. — Eu, apesar de não achar certo o que você fez, entendo o que aconteceu. Nós cometemos alguns erros, então... Escrevei a carta porque sabia que não poderia mentir para você e talvez quisesse me impedir de viajar... Se viesse falar com você eu ia acabar cedendo ou desistindo, mas era muito importante e...

Ele colocou uma das mãos sobre a minha boca.

— Você fala demais....

Podia sentir seu perfume, seu calor, meu corpo ardia por Vítor. Mas uma lembrança me tirou daquele estado de torpor.

Afastei-me apressada.

— Onde está...?

— Psiu! — pediu ele, colocando um dedo sobre meus lábios. — Depois do que aconteceu, disse a ela que não poderia mais hospedá-la aqui, pois para mim ela era apenas uma colega de trabalho. Não precisa ficar com ciúme.

— Eu não estou mais com ciúme! — disfarcei.

— Bobinha, eu amo você!

— Que bom! — falei, beijando-o.

— Senti tanto a sua falta!

— Verdade?!

— Sonhei com você todas as noites...

— Eu também pensei em você, todos os dias.

— Até briguei com seu irmão...

— Eu soube, mas ele só estava fazendo o que pedi... Ele queria nos ajudar, acredite!

— Eu acredito, mas precisava saber onde você estava, por que fugira assim tão de repente....

Novamente nos beijamos.

— Espere! — pedi, me afastando dele.

— Você está me fazendo esperar há meses — resmungou.

Segurei em suas mãos e olhei em seus olhos.

— Vítor, quer casar comigo?

— O quê? — perguntou e caiu na risada.

— Estou falando sério, quer casar comigo?

Rindo de pura felicidade, ele saiu e logo voltou com a pequena caixa de veludo.

— Sim, eu quero me casar com você.

Com gentileza, pegou o anel e o colocou em meu dedo, depois o beijou. Sem nos contermos, nos jogamos um nos braços do outro e nos beijamos longamente.

— Eu te amo! — sussurrou em meu ouvido.

— Eu também te amo — falei.

Ficamos ali um bom tempo, rindo entre beijos e abraços, estava me sentindo nas nuvens.

Vítor me ergueu em seus braços e me carregou no colo até o quarto. Nunca havia estado ali. O quarto era confortável, com uma cama de casal e uma enorme janela, coberta por pesadas cortinas vermelhas. Ele me deitou na cama e se sentou ao meu lado. Estava um pouco constrangido.

Eu estava ansiosa e envergonhada. Não sabia o que fazer.

— Calma... eu não mordo, a não ser que me peça... — brincou. — Fique tranquila, viemos pra cá para você descansar. Quero apenas abraçá-la — disse aproximando-se e a envolvendo em seus braços.

Já estava novamente relaxada, me deixei envolver por aquele abraço protetor e ficamos em silêncio.

Vítor pegou uma mecha de meu cabelo e cheirou.

— Como consegue ser tão perfeita? — perguntou.

Eu podia ser qualquer coisa menos perfeita. Ele sim, era perfeito.

— Não sou perfeita...

— Você é perfeita para eu amá-la.

Sorri e o beijei. As mãos dele estavam no meu pescoço e senti roçarem a minha corrente, ele a puxou até ver o anel.

— Está tudo bem?

— Sim, só estou com calor — falou tirando a camisa.

Já o havia visto sem camisa, mas ali, na cama, era mais perturbador. Não conseguia desviar o olhar daquele corpo. Senti meu rosto arder.

— Eu... acho... melhor ir... para casa... já é tarde e...

— O que houve? Confie em mim, em breve serei seu marido.

— Eu confio em você é que...

— Qual é problema, meu amor? — perguntou com a voz aveludada, me fazendo estremecer.

— Eu estou com medo...

— Confie em mim — falou com voz firme, me deixando mais segura.

Na verdade estava com medo de decepcioná-lo. Ele me beijou, me abraçando bem forte pela cintura. Apoiei minha cabeça em seus ombros, sentindo sua pele. Escorreguei as mãos e pude sentir os contornos de seu peito. Sentia sua mão quente na minha pele, escorregando por baixo da blusa. Eu sabia o que ia acontecer e não ia resistir, eu queria aquilo tanto quanto ele. Meu medo foi embora e me entreguei completamente, pertencendo, pela primeira vez, a um homem, ao homem que amava.

Acordei e, por um momento, não sabia onde estava. Mas, lentamente as imagens vividas ali voltaram à minha lembrança. Estava deitada com a cabeça sob o peito de Vítor, que me abraçou com firmeza. Fechei os olhos agradecendo pelos momentos mais felizes de minha vida, e ao abri-los novamente, meus olhos encontraram a tatuagem naquele corpo másculo. Aproximei-me e a beijei, sentindo-o se mexer. Ele abriu os olhos e me olhou com paixão.

— Bom dia, meu amor! — falou acariciando meu rosto.

— Bom... dia — gelei. — Que horas são?

— Cedo — respondeu.

Em um salto me levantei da cama, recolhendo minhas roupas. Mamãe e Dimitri iam embora pela manhã, eu estava atrasada. Coloquei as roupas com pressa enquanto Vítor me olhava confuso.

— Algum problema? — perguntou ele.

Era incrível como eu sempre saía correndo e o deixava sozinho.

— Minha mãe vai embora... tenho que me despedir...

— Para onde ela vai?

— Depois te conto, tenho que ir, meu amor...

— Como você vai? — perguntou se vestindo.

— Correndo, até encontrar um táxi — falei sem perceber que era loucura.

— Correndo? — riu. — Espere, vou chamar o táxi. Em um minuto estará lá.

Ele sumiu pela porta enquanto eu tentava arrumar meu cabelo. Tinha que vê-los antes de partirem. Fiquei inquieta até o táxi chegar. Vítor não ia comigo, tinha um compromisso para uma nova apresentação. Correndo, entrei no carro, acenando para o meu noivo.

— Peça desculpa a sua mãe por mim e diga que desejo muitas felicidades a ela, e que em breve iremos visitá-la — disse, beijando-me apaixonadamente.

54. Louco amor

A viagem toda aconteceu com o taxista falando sem parar. E eu não conseguia prestar atenção a nada do que ele dizia. Pensava em minha primeira noite de amor enquanto olhava as casas e as pessoas passando pela janela.

Uma dessas me chamou a atenção. Era uma senhora, com cabelos grisalhos e a expressão azeda, caminhava acompanhada por cinco gatos. Eles a seguiam enquanto ela passeava calmamente, acariciando-os de vez em quando. Aquela era a bibliotecária da cidade, a viúva cinco vezes.

Passamos por ela e logo minha mente foi para outro lugar. Aquela noite, no café, seria comemorado o aniversário de Alan, mais um sem a sua presença. Não podia esquecer a frustração por não encontrá-lo.

— Chegamos — anunciou o taxista.

Joguei o dinheiro para ele e corri, torcendo para não estar tão atrasada. A porta estava escancarada com malas por toda a sala.

— Cheguei!

— Onde estava? Nós já estávamos saindo, mas não podíamos ir embora sem nos despedirmos de você, minha filha... — falou minha mãe, abraçando-me com carinho.

Dona Sofia estava toda molhada de lágrimas e não conseguia esconder sua alegria. Em seus olhos percebia-se a necessidade de viver a vida que sonhara com meu pai. Mesmo depois de tanto tempo, eles ainda estavam unidos, prontos para continuar de onde pararam.

— Vou sentir saudade de vocês, mas prometo que voltamos para visitá-los. Em breve teremos um casamento para participar, ou serão dois? Eu amo vocês... — falou, voltando a chorar.

Retribuí ao forte abraço.

— Como foi? — sussurrou em meu ouvido. — Dá para ver em seu rosto. Não preciso saber detalhes, mas...

— Mãe! — disse, corando.

— Temos que ir! — disse Dimitri.

Minha mãe me largou e meu pai veio me abraçar. Sentia-me filha dele, em todos os aspectos. Era como se ele me conhecesse há muito tempo.

— Eu a amo, minha filha! E teremos muito tempo para consolidar este amor — falou.

— Eu também te amo, pai.

Ele sorriu e foi descer as bagagens. Charles os aguardava para levá-los até a estação.

— Mãe, Vítor e eu nos acertamos e vamos nos casar... — contei segurando as lágrimas.

— Ele é um bom rapaz e gosta muito de você. Sei que serão felizes!

Gabriel veio me abraçar, agora éramos apenas eu e ele, com nossas futuras famílias. Todos pareciam finalmente felizes, menos o senhor Félix.

Peguei minhas coisas do sofá, que era onde estava dormindo desde a chegada de meu pai, e levei de volta para o meu quarto. Arrumei tudo e fui tomar banho. Ao sair, Charles já havia voltado e estava muito feliz. Eu acreditava que a felicidade dele tinha relação com certa florista chamada Jolie.

Olhando para o meu quarto, percebi que tinha algo fora do lugar, era um envelope de papel com uma pulseira. Fiquei olhando para ela tentando me lembrar onde vira uma igual. Como uma onda gigante, fui atingida pela lembrança.

— Não acredito! Charles, eu preciso de uma carona — disse correndo para a porta.

— O quê? — perguntou, pegando as chaves do carro.

— Para onde você vai? — perguntou Cristal.

— Resolver um assunto. Volto até o final da tarde.

— Mas... E o que eu digo a Vítor?

Parei. Não podia cometer o mesmo erro duas vezes, mas eu sabia, tinha certeza de onde ele estava.

— Não precisa falar nada.

Desci as escadas e entrei no carro. Charles substituíra a expressão pela preocupação.

— A que horas é o seu encontro com Jolie?

— Oito horas, mas como você sabe? — perguntou constrangido.

— Para a casa de Vítor — pedi. — Na floricultura, vocês não foram muito discretos. "E eu, muito curiosa", pensei.

— Voltaremos a tempo, Charles — nem que eu tivesse que arrancar o menino à força.

Charles correu até a casa de Vítor, chegamos lá muito rápido. O pouco trânsito da manhã ajudava. Saltei do carro e chamei Vítor antes de chegar à porta. Vítor apareceu e veio correndo em minha direção, preocupado.

— Alguma coisa errada? O que houve? — disse me abraçando.

— Você confia em mim? — perguntei.

— Claro. O que está acontecendo?

— Vou resolver um problema que está em aberto, mas eu prometo que o encontrarei hoje à noite, no café — todo o meu corpo pedia rapidez, eu estava a um passo, só precisava esticar o braço para alcançar Alan. — É uma surpresa, acredite.

Ele notou meu nervosismo e respirou fundo.

—Vá! — disse.

Sorri e o beijei. Entrei no carro, esperando chegar o mais rápido possível. Charles freou bruscamente, depois de quatro horas de viagem.

— Espere-me aqui. Não se preocupe.

Corri até a porta e toquei a campainha. Um rosto conhecido me atendeu surpreso. Sem esperar convite entrei.

— Olá — recebeu-me sorrindo — Que surpresa, encontrou algo mais sobre aquele assunto?

— Pare de mentir, senhor Moacir... Não sei como o senhor Félix pode confiar tanto em você. Vim buscar Alan e não saio daqui sem ele — falei rude.

Ele me olhou confuso.

— O quê? O que a faz pensar que meu netinho está aqui?

Tirei o envelope do bolso e o joguei. Ele o abriu e leu a carta.

— Creio que ela não teve tempo de acabar de escrever e enviar esta carta. Eu não entendo... Se era você o tempo inteiro, quem era o jovem amante?

— Isso não prova nada — disse.

— Talvez, mas isso — disse mostrando a pulseira — prova muita coisa. Segundo a carta, a outra pulseira estaria com Alan, felizmente tive a sorte de ver a outra no canto da sala em minha última visita... Então, como poderia estar com a pulseira, se não tivesse contato com o menino?

Ele não respondeu.

— Vovô, onde está o senhor? — chamou uma voz infantil.

O senhor Moacir estava pálido.

— Essa é minha maior prova — disse apontando para a menino que surgiu pelo corredor.

Era Alan, com seus quatro anos, todo arrumadinho, os cabelos castanhos penteados e dois grandes olhos pretos e curiosos fixos em mim.

— Quem é esta moça, vovô? — perguntou.

Segurei-me para não chorar.

— É uma amiga minha...

— Não, meu bem! — falei com cuidado. — Sou uma amiga de seu pai — disse sorrindo.

— Papai?

O avô pegou o menino no colo para afastá-lo de mim.

— Vá embora!

— Por que fez isso? — perguntei. — Ele confiava no senhor, me disse que era um bom homem, e o senhor estava com Alan esse tempo todo e não disse a ninguém? Por quê?

— Você não entenderia.

— Experimente...

— Ela me pediu, eu não pude recusar. Eu a amava acima de tudo... O amante, na verdade, era o rapaz que levava o dinheiro para ela. Eles nunca tiveram nada, aquela intrometida da vizinha dela era quem inventava coisas. Ela me pediu para cuidar de Alan e é o que eu tenho feito...

— E por que deixou a casa para a vizinha?

— Para despistar o seu paradeiro. E se não fosse aquela vizinha fofoqueira...

— Sabe que não sairei daqui sem ele, não sabe?

— Não vou deixar você levá-lo...

— Félix é o pai dele e Alan quer conhecê-lo, não pode impedir... Sua filha e sua mulher estão mortas, nada vai trazê-las de volta. Você teve sua mulher e sua filha, deixe que Alan e Félix tenham esta chance. Mais cedo ou mais tarde, Alan terá idade para saber a verdade e vai descobrir tudo! Ele pode odiá-lo por isso.

Ele parou para pensar, olhou para a carta, para o menino e para mim. Estava claro que não tinha afeto por Alan. A única coisa que o impedia de entregar o menino era a fidelidade à memória da mulher.

— Não conte a Félix o que eu fiz — disse, entregando-me o menino.

Peguei Alan no colo sem acreditar que esse dia havia chegado. No pescoço do menino estava uma corrente com um pingente igual ao da pulseira, o mesmo que eu havia visto sobre a mesa. Abracei-o carinhosamente para não assustá-lo. E mesmo sem o entender, ele retribuiu o abraço.

— Vamos arrumar suas coisas — não queria voltar ali outra vez.

— Para onde vamos? — perguntou ele.

Eu sorri.

— Para a casa de seu papai.

55. Adeus

Moacir não nos impediu ou fez qualquer comentário quando saímos, apenas chorou com a carta de sua ex-esposa em una mão e a foto dela na outra.

— Essas lágrimas já me convenceram uma vez, não vão convencer novamente!

Charles colocou a mala no carro, acomodei Alan no banco de trás e seguimos viagem. Eram quatro horas e tínhamos um longo caminho de volta. Charles dirigia devagar, observando o menino pelo retrovisor.

— Quem é ele?

— Charles, esse é Alan, o filho do senhor Félix, e se não se importa queremos chegar à festa de aniversário do garoto.

— Filho do Félix?

— Sim, mas depois conversamos sobre isto. Por favor, vamos seguir viagem! — falei impaciente.

Estava orgulhosa de minha atuação. Sentia alívio e uma onda de felicidade me invadir. Naquele menino eu via a esperança e a felicidade de um pai.

Charles divertiu-se durante toda a viagem. Alan era uma

criança adorável. Tentava imaginar a cena do reencontro, para mim seria algo mágico que estava muito perto de se realizar. O tempo parecia correr contra nós e a viagem parecia mais longa na volta. Alan tirou uma soneca e Charles e eu pudemos conversar.

— Era isso que estava fazendo? — perguntou. — Procurando o menino?

Assenti, acariciando seus cabelos.

— O senhor Félix vai ficar muito feliz, era tudo o ele queria...

— Escolheu a data certa, não foi?

Ri. Fora apenas uma coincidência feliz.

— Vou ver o reencontro antes de ir buscar Jolie — falou. — Não quero perder isso por nada nesse mundo — disse olhando o menino dormir.

— E você e Jolie? — perguntei.

Ele corou, depois pigarreou envergonhado.

— Formam um casal bonito — afirmei.

— Obrigado.

O resto da viajem foi silenciosa, Alan acordou assim que nos aproximamos da cidade. Passamos pela avenida, já tomada pela escuridão da noite. O carro freou e descemos apressados, atrasados para a festa. O café estava enfeitado e cheio de gente. Ao entrarmos, nos tornamos o centro das atenções, todos olhavam curiosos para o menino.

— Aquele é o seu pai — disse a Alan apontando para o balcão.

A mão de Alan se soltou da minha, tentei segurá-lo, mas ele já corria entre a multidão. Alan estava perto do balcão. Ouvi barulho de pratos se quebrando e senhor Félix olhando para o menino embevecido. Tudo pareceu acontecer em câmera lenta. O senhor Félix caiu de joelhos com os braços abertos para receber o menino que se aproximava correndo, mas não era qualquer menino, era o seu filho.

Os dois ficaram abraçados por um tempo que pareceu ser uma eternidade. Afastou-se do filho, apenas o suficiente para me enviar um olhar de gratidão. Não pude conter a lágrimas.

— Lindo o que você fez! Que bom que eu confiei em você — ouvi a voz de Vítor em meu ouvido e senti sua respiração quente em meu pescoço.

Nosso abraço foi longo. Estávamos felizes, contagiados pela alegria do reencontro de pai e filho.

O senhor Félix afastou o filho para vê-lo melhor. De repente, com mão no peito, caiu inconsciente.

— Papai?!

Saímos correndo na direção deles, agora havia um grande tumulto no café, todos tentando entender o que estava acontecendo. Vítor abriu caminho e eu agachei ao lado do meu amigo.

— Temos que levá-lo ao hospital — gritei desesperada.

— Vamos levá-lo até o carro — Charles gritou.

Charles, Vítor e Gabriel o colocaram no carro, eu segurei Alan, que chorava em meio à confusão, e fomos para o hospital.

Não podia acreditar no que estava acontecendo. A sala de espera do hospital estava cheia. Não conseguia ficar parada. Andava de um lado ao outro. Vítor me observava preocupado. Cristal e Gabriel tentavam conter as lágrimas de Catherine, enquanto Charles segurava Alan e servia de ombro amigo para Jolie. O clima estava triste enquanto aguardávamos notícias do senhor Félix.

Um médico se aproximou de nós.

— Doutor? — não podia conter minha ansiedade por notícias.

— O estado dele é muito grave. Ele já esteve aqui há alguns dias, mas se recusou a ficar internado. Nós faremos com que sofra o mínimo possível...

— Entendo... — falei chorando.

— Você é Isabel? Ele quer falar com você.

— Comigo?

O médico me guiou até onde o senhor Félix estava. Fios e tubos estavam presos ao seu corpo. Estava acordado e, para minha surpresa, sorrindo.

— Oi, como está se sentindo? — perguntei, tentando aparentar tranquilidade.

— Bem...

— Por que não nos contou sobre a internação? — perguntei triste.

— Porque sabia que ia morrer de qualquer jeito, então preferi ficar livre para viver os últimos dias que me restavam. E estou feliz com minha escolha, como receberia meu filho em um hospital? E tudo graças a você, Isabel...

Corei.

— Veja como a vida é engraçada...

— Não estou vendo graça nenhuma aqui — murmurei.

— O engraçado é que estou morrendo com a mesma doença que matou a mãe de Amanda — falou, sorrindo.

— Mas, como...

Ele estendeu um envelope para mim.

— Leia isso mais tarde...

— Não podemos perdê-lo. E o pequeno Alan?

— Fale apenas por você querida, muitos não chorarão a morte de um ranzinza como eu... — riu, mas parou ao perceber as lágrimas caindo de meus olhos. — É apenas uma mudança, não precisa se preocupar, eu sempre estarei com você. Você me ajudou mais que qualquer pessoa.

— Não vai poder viver com seu filho, isso não é justo!

— Não, não é. Mas eu vou embora feliz. Esse é o dia mais feliz da minha vida...

— Senhor Félix?

Ele não respondeu, estava com os olhos fechados e não se movia. Em seu rosto vi o costumeiro sorriso. Beijei sua face.

— Adeus.

As enfermeiras me tiraram do quarto às pressas, eu não resisti. Fiquei parada no corredor olhando para o envelope, até ter coragem de abri-lo.

Querida Isabel

Quando estiver lendo esta carta não estarei mais com você. É triste pensar na morte, mas ela não me assusta, a felicidade que você me proporcionou é definitivamente maior do que qualquer medo. Não quero que se culpe ou que fique melancólica pelos cantos, não chore pela morte. Viva! O incerto é tão fascinante que deve ser encarado como uma grande aventura. A vida e a morte são apenas estágios pelos quais temos que passar. Saiba que em qualquer lugar que eu esteja, estarei feliz, este foi meu último conselho, mas não se preocupe, Cristal tem muitos para lhe dar.

Quero deixar para você e para Alan os poucos, mas preciosos, bens que conquistei. Quero que cuide dele como se fosse seu filho, estarei seguro que com você, meu filho estará bem. O mundo é um lugar assustador, mas tenho certeza que você conseguirá superar os próximos desafios. Você é muito especial, nunca se esqueça disto!

Perdoo a mãe de Amanda por ter tirado meu filho de mim. Depois da morte de minha mulher, entrei em profunda depressão, não tinha condições emocionais de cuidar de um bebê. Soube de sua morte, mas não sabia como encontrá-la. Não me julgue, mas talvez a proximidade da morte nos melhore para a outra vida. Vou sentir saudade.

Do seu amigo, senhor Félix.

Terminei a carta em lágrimas, voltei para a sala de espera e todos entenderam o que tinha acontecido. Ele se fora.

Epílogo

Estava mexendo a panela com a cabeça cheia dos preparativos para o casamento e agora uma nova surpresa. Queria que minha mãe estivesse comigo para me ajudar.

Já fazia dois meses desde a morte do senhor Félix e, de algum modo, sentia a presença dele por perto, todos os dias, enquanto trabalhava na cozinha. Mudei-me com Vítor e Alan para a casa de senhor Félix. Alan era um filho para nós. Virei-me ao ouvir a porta abrir, o menino vinha arrastando os pés com os olhos semicerrados. Parecia que ainda estava dormindo.

— Bom dia! — disse, dando-lhe um barulhento beijo no rosto. — Dormiu bem, meu amor?

Ele sacudiu afirmativamente a cabeça enquanto abria a boca para um bocejo.

— "Meu amor"? Assim eu vou ficar com ciúme — brincou Vítor. — Bom dia amor, bom dia Alan.

— Bom dia — sussurrou sonolento.

Esfregava o olho enquanto espera o seu desjejum.

Imaginei o quanto ficaria lindo usando terninho e gravata para entrar com Catherine na igreja. Eles levariam as alianças aos noivos. Íamos fazer um casamento duplo: Vítor e eu, Cristal e Gabriel. E, se Charles tivesse coragem para pedir a mão de Jolie em casamento, poderia ser triplo.

— Você viu que o bar aqui perto fechou? Parece que os bêbados faziam muita bagunça e não tinham como pagar, levando o estabelecimento à falência... — disse Vítor.

— Que bom, odeio aquele lugar — falei balançando a cabeça para afastar más lembranças.

Vítor percebeu o movimento, levantou-se e me abraçou.

— Tenho que contar uma coisa...

— O quê? — perguntou, desconfiado.

— Eu... — respirei fundo. — Estou grávida.

— Grávida?

Ele pareceu chocado. E já estava quase arrependida de ter contado, quando ele, finalmente, abriu um enorme sorriso e começou a beijar minha barriga.

— Já escolhi o nome — disse — Luiz.

Fiquei surpresa e sorri agradecida.

— E se for menina?

— Luíza.

— Eu te amo — sussurrei, dando-lhe um beijo.

— Temos que comemorar — disse com alegria.

Alan o olhou assustado. Vítor pegou seu violão e começou a tocar e a cantar, logo fomos todos contagiados e a cozinha foi tomada pela família de cantores.

No final, tudo havia dado certo. Charles havia se mudado para a cidade para ficar mais perto de Jolie. Com Gabriel tomando conta dos negócios que seu pai nos deixara, tinha total liberdade para dirigir minha parte na empresa. Charles fora convidado a ajudá-lo. Além de seu motorista era também seu conselheiro. Ele, Cristal e Catherine continuaram no apartamento, felizes. Cristal reabriu a cantina, que dirigia com sucesso. Mamãe e papai estavam viajando pelo mundo, como ciganos. Compraram um barco e nos enviavam cartões-postais dos lugares mais surpreendentes. Mas, estariam no casamento dos filhos. Eu tomava conta do café e Vítor continuava em sua carreira artística. Estávamos bem e felizes.

A vida é estranha, dá medo, mas a morte também. São opostos iguais. Em minha curta caminhada, de vinte e um anos, sofri, chorei, perdi, até chegar aqui, na cidade dos desgraçados, onde encontrei a felicidade, ganhei um novo amor e, finalmente, estava sorrindo.

Indústria da Arte Gráfica
Impressão e Acabamento
www.cherma.com.br